Stefanie Dörr

Lenas urlaubsreifes Wunschbuch

Liebe Grüße aus dem Chaos

Stefanie Dörr,
1967 in Stuttgart geboren, studierte Betriebswirtschaft
und arbeitete jahrelang in Werbung und Marketing,
bevor sie sich als freie Texterin und Beraterin selbstständig machte.
Heute lebt sie mit ihrer Familie in Frankfurt am Main und schreibt
Erzählungen für Kinder und Jugendliche.

Von Stefanie Dörr sind im Arena Verlag bereits erschienen:

Ich sehe was, was du nicht siehst.
Wie mir mein wild gewordenes Spiegelbild die Sicht verhagelte

Lenas geheimes Wunschbuch.
Von unerklärlichen Schulhofkatastrophen, oberpeinlichen
Liebeserklärungen und besten Freundinnen in Not

Stefanie Dörr

Lenas urlaubsreifes Wunschbuch

Liebe Grüße aus dem Chaos

Arena

FSC
www.fsc.org
MIX
Papier aus verantwortungsvollen Quellen
FSC® C022125

1. Auflage 2011

Umschlaggestaltung: Frauke Schneider
Gesamtherstellung: Westermann Druck Zwickau GmbH
ISBN 978-3-401-06509-0

www.arena-verlag.de
Mitreden unter forum.arena-verlag.de

Kapitel 1

Zehn Slips. Mist, nur zehn Slips, die sie mit in den Urlaub nehmen konnte. Alle anderen waren entweder zu doof, zu klein, zu unbequem oder zu rosa. Ob Tante Pi so etwas Luxuriöses wie eine Waschmaschine in ihrem Ökohaushalt hatte? Egal, Lena musste weitermachen, sonst würde sie noch morgen früh hier sitzen, Wäsche sortieren und der Zug würde ohne sie an die Nordsee fahren. Zu wenig Unterwäsche also, zwei Badeanzüge und drei Bikinis, einer davon ein astreines Stück im angesagten Stilmix, nagelneu und von ihrem Papa gestiftet. Zehn T-Shirts, fünf Tops. Lena seufzte und streckte ihren Rücken. Es war anstrengend, so lange auf dem Boden zu knien und Klamotten zu sichten. Allein. Keiner war da, der ihr helfen wollte. Frustrierend. Die Stapel rechts von ihr wurden immer höher, der Koffer links von ihr schien mit jedem neuen Kleidungsstück, das sie mitnehmen wollte, zu schrumpfen. Jeans. Sie hielt sich eine dunkelblaue mit Löchern an genau den richtigen Stellen und ausgefransten Nähten vor die Nase. Sollte sie Jeans mitnehmen? Nur eine völlig vertrottelte Riesenidiotin würde ohne Jeans an die Nordsee fahren, beschloss sie. Im letzten Jahr hatte es geschlagene acht Tage am Stück geregnet. Auch für die Reise war eine lange Hose vernünftig. Zehentreter waren ebenfalls unentbehrlich. Besser noch waren zwei Paar, sie konnte sich sowieso nicht für eine Farbe entscheiden und die Dinger ließen sich gut in kleine Ritzen quetschen. Gut, dass die Miniröcke und Shorts auch nicht so viel Platz wegnahmen. Davon konnte man nie genug haben. Lieber noch eine kurze Hose mehr mitnehmen. So, dafür mussten mindestens fünf Paar Socken hierbleiben. Prüfend betrachtete sie ihre Sneaker-Kollektion. Weiß und Jeansblau oder Weiß, Jeansblau und Blümchen? War Blümchenmuster an der Nordsee in oder völlig untragbar? Auf jeden Fall war es schön sommerlich. Also Jeansblau und Blümchen. Sie seufzte, was Goethe, ihren treuen Riesenhund, veranlasste, ebenfalls Luft abzulassen. Hinten allerdings.

»Pfuiiiii, du Schwein«, rief sie empört, »verseuchst mir hier die ganzen Klamotten. Oh, das stinkt vielleicht.« Während sie sich frische Luft zufächelte, hob Goethe beleidigt den Kopf und richtete sich ein wenig aus seiner Dauerschlafhaltung auf. Mühsam kam er ins Sitzen, seine Ohren hingen traurig über die Augen, sein Blick wanderte trüb über die Kleidung, die nun fast den ganzen Boden von Lenas Zimmer bedeckte, und blieb am Koffer hängen. Koffer bedeuteten in Goethes Welt nichts Gutes, sie standen für Trennung, Heimweh und schwere Hundeherzen.

Mit gewaltiger Anstrengung hob sich sein Hintern, der eben noch so ein unschönes Aroma verbreitet hatte. Ein träger Schritt mitten durch die Klamotten und das ganze Hundexemplar brach direkt über dem Koffer zusammen. »Nimm mich mit, wohin auch immer du gehst, ich folge dir überallhin«, flehten seine wunderschön braunen Hundeaugen.

»Abmarsch, Dummi, du darfst ja mit, aber nicht im Koffer. Los, geh in deinen Hundekorb, erst bin ich dran mit Packen, dann du.« Sie zerrte liebevoll an seinem Halsband, bis er sich geschlagen gab und seinen wuchtigen Körper aus dem Zimmer schleppte. Seinen besonderen Duft ließ er allerdings zurück und Lena riss schnell das Fenster auf. Dicke, schwere Sommerluft strömte herein. Ach, Sommer. Wie herrlich!

Morgen früh – also richtig früh, nicht ferienfrüh – ging ihr Zug. Und das Beste war nicht, dass Goethe mitkommen würde, das war zwar gut, aber nicht das Beste. Das Allerwunderbeste war, dass . . .

Ein schrilles Klingeln durchbrach ihre wonnigen Gedanken. Hannah. Das konnte nur Hannah sein, ihre beste Freundin – außer Lilli natürlich –, die praktischerweise in ihrem Haus wohnte und erst vor Kurzem, nach wirklich unglaublich aufregenden Abenteuern, zu ihrer allerbesten Freundin neben Lilli geworden war. Weil Lenas Mutter wie immer arbeiten musste, hatte Hannah versprochen, ihr beim Packen zu helfen. Endlich war sie da! In letzter Sekunde vor Lenas hundertprozentig bevorstehendem Superkollaps sozusagen. Hannah war praktisch und besonnen und würde binnen weniger Minuten sämtliche Ungereimtheiten in Lenas Klamottenstapel aufdecken und beseitigen. Ein klitzekleines Problem war nur, dass Hannah überhaupt keine Ahnung hatte, was klamottentechnisch ging und was nicht. Ihr modisches Gespür entsprach nach Lenas Meinung ungefähr dem einer karibischen Rundschwanz-Seekuh, ohne dass Hannah sonst etwas mit einer Seekuh gemeinsam hätte, zierlich, braunhaarig und blass wie sie war. Aber in puncto Mode wäre selbst Oma Leineweber aus dem ersten Stock eine bessere Ratgeberin gewesen – und die trug immer, zu jeder Tages- und Jahreszeit, dasselbe beigefarbene Twinset mit camelfarbenem Faltenrock samt ausgelatschter Bequemtreter. Jedenfalls durfte sie Hannah keine Sekunde alleine mit ihrem Koffer lassen.

Lena stürzte zur Tür, an der auch schon Goethe klebte, ein ausgemachter Hannah-Fan, dem es völlig egal war, auf welches ihrer hässlichen XXXL-T-Shirts oder auf welche ihrer jenseitigen Hosen er seinen Schlabber schmierte. Auch heute wäre es um Hannahs Kleidung nicht schade gewesen, stellte Lena mit einem schnellen Blick fest. Ihre Bluse schien aus dem Kleiderschrank ihrer Mutter zu stammen, darunter franste ein Shirt fast bis zu den Knien und überdeckte die Shorts, die von vorvorgestern waren. Dafür trug sie wenigstens keine ihrer geliebten Strickmützchen. Wäre ja noch schöner, bei den Temperaturen!

»Gut, dass du kommst, ich bin total am Verzweifeln«,

begrüßte Lena ihre Freundin und zerrte sie in die Wohnung. Schon seit Längerem verzichtete sie darauf, Kommentare zu Hannahs Kleidung abzugeben, weil Hannah immer wieder Stücke aus den ehemaligen Beständen ihres spanischen Papas trug, der vor vielen Jahren mit Hannahs kleinem Bruder bei einem Unfall ums Leben gekommen war. Da war die aktuelle Mode nun mal schnurzegal.

Goethe hatte überhaupt keine Chance, seine verehrte Hannah anständig zu begrüßen. Rücksichtslos wurde er zur Seite geschoben, an die Wand gedrückt, und als ihm Lenas Zimmertür vor der Nase zuschlug, pupste er vor Empörung noch einmal gepflegt, bevor er sich direkt vor der Tür ablegte, um nicht übersehen zu werden, sollte sie sich jemals wieder öffnen.

»Ich habe einen Zettel gemacht, was ich so alles mitnehmen würde. Vierzehn Tage Nordsee, Mensch, da musst du auf alles vorbereitet sein.« Hannah zog eine ellenlange, zerknitterte Liste aus ihrer Hosentasche und ließ ihren scharfen Blick über die verrutschten Stapel, die zerknautschten Klamotten und die zahlreichen Kosmetikartikel huschen, bevor er bei dem viel zu kleinen Koffer landete.

»Oje, Lena, das sieht nicht gut aus«, stellte sie stirnrunzelnd fest. Die Liste knüllte sie wieder in die Tasche. Machte nichts, da stand bestimmt nur was von Pudelmützen und Wollsocken drauf. »Du solltest einen eigenen Gepäckwaggon mieten.«

»Goethe war's«, verteidigte Lena ihre eben noch existierende Ordnung, »der hat sich einfach mitten rein gelegt und wollte Koffer packen spielen.«

»Aber Goethe hat doch nicht fünf Shorts ausgesucht, oder? Soll das wirklich alles in diesen Koffer?«

»Na ja, das ist noch gar nicht alles«, gestand Lena verlegen. »Tante Pi meinte, wir sollen noch Badetücher und einen Schlafsack mitnehmen. Vielleicht renoviert sie gerade ihr Gästezimmer.«

»Dann muss die Hälfte von dem Zeug weg und du kannst nur hoffen, dass du dort mal waschen kannst.«

»Ich kann mich aber nicht entscheiden«, jammerte Lena kleinlaut. »Und Bücher wollte ich auch noch mitnehmen. Und Goethes Sachen.« Aber Hannah machte sich bereits munter über ihre Kleiderberge her.

»Also, weißt du, es ist echt schade, dass du nicht auch mitfahren kannst. Das wär doch was gewesen. Du, Lilli und ich«, meinte Lena, ohne Hannahs eifrige Hände eine Sekunde aus den Augen zu lassen. »Nein! Die muss mit! Unbedingt! Ich brauche wenigstens ein Paar weiße Shorts, wirklich!«

»Weiß ist unpraktisch. Also, ich kann Mama einfach nicht alleine lassen. Aber sie möchte ein paar Tage richtig in den Urlaub fahren. Mit mir.« Hannah betrachtete die Shorts kritisch und legte sie dann gutmütig zurück. »Ganz spontan, irgendwo in die Berge vielleicht. Das wäre unser erster Urlaub seit... du weißt schon. Und die Sache mit Lars ist ja auch noch nicht so hundertprozentig.«

Der zarten Liebesgeschichte ihrer Mutter, die sich seit Urzeiten zum ersten Mal wieder mit einem Mann verabredete, nämlich Lars, dem supersympathischen Banker, der ebenfalls hier im Haus wohnte, traute Hannah noch immer nicht recht. Seit dem schrecklichen Unfall damals, war ihre Mutter depressiv gewesen und hatte völlig zurückgezogen gelebt. Jetzt war sie auf dem Weg der Besserung – woran Lena nicht ganz unschuldig war.

Unter Hannahs Händen schrumpfte der Kleidungs-Himalaja bald auf die Größe eines stattlichen Maulwurfhügels und Lena beförderte unter zahlreichen kummervollen Seufzern die aussortierten Stücke zurück in ihren Kleiderschrank. Eine knappe halbe Stunde später richtete sich Hannah auf, streckte ihren Rücken und meinte zufrieden: »So, und jetzt noch die Strandtücher. Dann ist es geschafft.«

»Ach nö, ein bisschen entspannen, ja? Ich schufte hier schon den ganzen Nachmittag, die paar Handtücher können wir später noch dazulegen. Ich richte dir erst mal deinen Account zum Chatten ein. Hoffentlich kommst du damit klar.«

»Bin ja nicht blöd. Nur leider ist Mamas alter Rechner im Vergleich zu deinem Ferrari hier so lahm wie ein Eselskarren.« Sie blinzelte in Richtung Lenas neuem Laptop, eines der vielen Verzeih-mir-Geschenke ihres Vaters, der es wieder einmal nicht geschafft hatte, die versprochene Sommerferien-Kreuzfahrt mit ihr zu unternehmen. Lenas Vater jettete das ganze Jahr im Auftrag seiner Firma durch die Welt und löste die Probleme uninteressanter Tochterunternehmen, anstelle sich seiner wirklichen Tochter zu widmen.

»Irgendwie bin ich froh, dass ich wieder zu Tante Pi fahren kann. Nordsee ist in Ordnung, wirklich, und mit Freundin ist es doppelt in Ordnung.« Und was soll ich auch auf einer Kreuzfahrt. Da gibt's bestimmt nur tattrige Omas mit fliederfarbenen Haaren, fügte sie im Stillen hinzu.

»Wie geht's eigentlich Lillis Schwester?«

»Ach, die, die ist seit gestern wieder zu Hause. Sie muss zwar noch Medikamente schlucken, ärgert Lilli aber wie eh und je. Darf sie auch, immerhin hat Nina bei uns was gut. Nur ihretwegen kommt Lilli mit an die Nordsee.« Tatsächlich verdankten Lena und Lilli die gemeinsame Urlaubsfahrt einer winzig kleinen Zecke, die sich an Lillis kleiner Schwester Nina festgebissen und ihr fiese Bakterien verpasst hatte. Deshalb war Nina für eine Woche im Krankenhaus gelandet und die Ferienpläne von Lillis Familie waren zerplatzt wie eine Seifenblase am Kaktusstachel. Pustekuchen. Keine Ferien am Strand von Korsika, sondern Erholung zu Hause.

Lena hämmerte auf der Tastatur ihres Rechners herum. »Schade, Lilli ist noch nicht zurück. Ich wollte mal fragen, wie weit sie mit dem Packen ist.«

»Bestimmt schon fertig.« Hannah lümmelte sich auf

Lenas Bett, in einer Hand eine Flasche Wasser, in der anderen einen Schokoriegel.

»Nee, die bringt heute Bosco auf die Sommerweide. Er hat sich seinen Urlaub echt verdient.«

Bosco war Lillis heiß geliebter und grenzenlos überschätzter Wallach, der dank Lillis Turnierehrgeiz eine wirklich anstrengende und dank Lenas Eingreifen eine erfolgreiche Saison als Springpferd hinter sich hatte. Nach seinem letzten aufsehenerregenden Turniersieg hatte Lilli ein Einsehen gehabt und Bosco versprochen, ihn nie wieder mit dieser Schinderei zu quälen und nur noch zum gemeinsamen Vergnügen über Hindernisse zu heizen.

»Sag mal, nimmst du eigentlich ein Tagebuch mit?«, mümmelte Hannah mit vollem Mund und spielte damit auf Lenas Buch an, das sie in den letzten Wochen immer mit sich herumgeschleppt hatte, bis, tja, bis Goethe der Sache ein Ende bereitet hatte.

»Quatsch, das Thema ist gegessen«, knurrte Lena unfreundlich. »Ich werde sowieso keine Zeit haben, ein Tagebuch zu führen.«

Sie nahm es Hannah ein wenig übel, dass sie das Thema »Tagebuch« ansprach. »Tagebuch« sagte Hannah auch nur, weil sie nicht wissen konnte, dass es sich bei dem besagten Büchlein um ein geheimnisvolles »Wunsch- und Zauberbuch« handelte und nicht um ein gewöhnliches Tagebuch. Wie hätte sie Hannah auch jemals erklären sollen, dass sie einen Stift und ein

Buch besaß, die gemeinsam alle Wünsche erfüllen konnten? Na ja, fast alle. Lena hatte schmerzlich gelernt, dass sie nichts, aber auch gar nichts für sich selbst herbeischreiben konnte, was ein entscheidender Fehler an dem Zauberbuch war. Lilli hingegen wusste Bescheid. Weil Lilli ja auch schon ewig ihre beste Freundin war und alles über sie wusste und Hannah erst seit einigen Wochen. Auch wegen des Wunschbuches war sie ihre Freundin geworden, aber nicht ausschließlich. Hannah war Lenas Retterin. Lebensretterin um genauer zu sein. Weil ein gemeingefährlicher Möchtegern-Gangster Lena das Wunschbuch hatte abluchsen wollen und sie zu diesem Zweck eingesperrt und seinen bissigen Köter auf sie gehetzt hatte. Nur Hannah war es zu verdanken, dass es nicht zu einer schlimmen Szene gekommen war. Lena schluckte. Schon die bloße Erinnerung ließ ihr Herz aufgeschreckt davongaloppieren.

Und jetzt fragte Hannah ganz unschuldig nach irgendeinem Tagebuch, dabei war Lenas Wunschbuch so futsch wie eine Fensterscheibe nach einem Steinwurf. So hinüber wie ein Teelicht nach einem Großbrand. So tot wie ein abgeschossener Fuchs nach einer Hetzjagd. Von Goethes verzweifeltem Maul zerfetzt, in seinem gierigen Schlund verschwunden. Und ebenso der Stift: von seinen erbarmungslosen Zähnen in nutzlose Brösel verwandelt. Armer Goethe. Sie hatte ihn dafür gehasst. So ungefähr zehn Minuten lang. Bis ihr klar geworden war, dass das Zauberbuch sowieso völlig alltagsuntauglich war, sie nur unglücklich gemacht und meistens heilloses Chaos bewirkt hatte – abgesehen von ein paar Dingen, die trotz alledem gut gelaufen waren. Bei Hannah und ihrer Mutter zum Beispiel. Oder bei Lenas eigener Mam: Ein Eintrag ins Zauberbuch und sie hatte im Lotto gewonnen. Und Lilli hatte sie ja auch geholfen: Ein kurzer Satz und Bosco war die Turnierhoffnung des letzten Jahres gewesen. Ein leeres Nutellaglas oder ein fehlendes Kleidungsstück? Kein Problem, einfach den Stift nehmen, in das Zauberbuch schreiben und fertig.

Ganz schön praktisch, oder? Und irgendwie genial. Aber auch ganz schön gefährlich, denn oft hatte es einfach nicht richtig funktioniert. Als sie ihre Eltern wieder zusammenführen wollte, war es zur Peinlichkeit des Jahrhunderts gekommen. Oder als sie sich bei den beiden Strichmädchen hatte rächen wollen. Hmpf, am besten schnell vergessen. So wie die ganze Wunsch-Wunder-Zauberbuch-Angelegenheit.

Kapitel 2

Ich schau jetzt nach den Handtüchern, ja? Wo habt ihr die?«

»In Mamas Wäscheschrank, das antike Holzmonster links in ihrem Schlafzimmer. Daneben steht übrigens ein größerer Koffer, ich glaube, wir nehmen besser den. Ich muss ja auch noch Goethes Sachen verstauen.«

Auf dem Flur sprang Goethe begeistert auf, als sich endlich die Tür zu Lenas Zimmer öffnete. Doch anstatt ihn freudig zu begrüßen, hielt sich Hannah die Nase zu und fächelte hektisch mit den Händen vor ihrem Gesicht herum.

»Oje, sag mal Goethe, warst du das?« Hannah betrachtete ihn misstrauisch, als wäre er ein Fass voller Stinkmorcheln, das jeden Augenblick explodieren konnte. »Du, der hat mal wieder was mit seiner Verdauung«, rief sie Lena zu. Ein einziges Mal hatte Goethe Verstopfung gehabt, und zwar, weil Lena ihm das Häufchenmachen weggeschrieben hatte. Und seitdem meinte Hannah ständig, dass etwas mit Goethes Magen oder Darm nicht in Ordnung wäre.

»Er hat Angst, dass er nicht mitdarf. Das schlägt ihm auf den Magen.«

»Du meinst wohl auf den Darm. Hoffentlich beruhigt

er sich morgen im Zug, sonst werfen sie euch auf halber Strecke raus.« Sie machte einen großen Schritt über Goethe hinweg, der beleidigt seine Schnauze zwischen die Pfoten steckte. »Mal sehen, ob ich alles finde.«

Die Neugier besiegte Goethes Verstimmung und er erhob sich schwerfällig, um hinter Hannah in das Schlafzimmer seines Zweitfrauchens zu trotten, das offiziell Goethe-freie Zone war. Es sei denn, es vergaß mal wieder jemand, die Tür zu schließen. Dann lebte er sich hier hemmungslos aus. Außerdem war der Platz unter dem Bett sein Zufluchtsort, sollten drastische Strafen drohen, der Familienfrieden schiefhängen oder sonstige Unbill anstehen. Sein trauriger Blick klebte eine Weile an Hannah und schwenkte dann sehnsüchtig zum verbotenen Bett, bevor Goethe schließlich dicht hinter ihr auf dem kuschelig weichen Teppich zusammenklappte. Fast so gut wie das Bett, aber eben nur fast. Er seufzte leise voller Selbstmitleid. Armer Goethe.

»Hier steckt ein Koffer zwischen Wand und Schrank. Ist er das? Ich bekomm ihn nicht raus, der ist wie festgeklebt.« Hannahs Stimme drang, verzerrt vor Anstrengung, in Lenas Zimmer.

»Warte, ich komm schon, nicht dass noch . . .« Ein schreckliches Poltern unterbrach Lenas Satz, gefolgt von erschrockenem Fiepen, einem spitzen Schreckensschrei und einem ziemlich unfeinen Fluch. Sie stürzte in das Schlafzimmer ihrer Mutter und sah Hannah am Boden liegen. Mitsamt Koffer lag sie quer über Goethe, der sich vorsichtshalber keinen Zentimeter bewegte und noch trauriger dreinschaute als zuvor.

»Hoppla, bist du gestolpert?«

»Also wirklich, dieser Hund schleicht auch überall rum. Ich habe ihn gar nicht bemerkt. Der Koffer flutschte plötzlich raus und dann . . . Mensch, schau mal, da hinter dem Schrank steckt was.«

Sie rappelte sich hoch, blies ein paar dicke Staubflusen von ihrer Hose und deutete auf den Spalt zwischen Schrank und Wand.

»Jetzt guck doch«, forderte sie Lena auf, die Goethe von dem Koffer befreite. »Eure Putzhilfe scheint nicht gerade von der gründlichen Sorte zu sein.«

Endlich folgte Lenas Blick Hannahs Zeigefinger und bohrte sich durch die Staubwolken. Da war viel Staub. Und einige Krümel und etwas Hellblaues. Unmöglich! Dieses Hellblau gab es nur ein Mal. Lena stürzte in die Ecke und fingerte mit langem Arm nach hinten durch den ganzen Staub und die Krümel hindurch, bis sie das himmelblaue Etwas ertastete.

»Ich glaub's einfach nicht«, keuchte sie gepresst. »Das ist bestimmt ein Zettel von der Reinigung oder ein altes Post-it. Aber warte, ich hab's gleich.« Ihr Arm schien dehnbar, wurde länger und länger. Sie kam sich vor wie Elasticgirl aus dem Film »Die Unglaublichen«. Endlich bekam sie mit den äußersten Fingerspitzen etwas zu fassen. Papier knisterte. Sie ruckte und zuckte, doch es entglitt ihr immer wieder.

»Verdammt. Wir müssen den Schrank ein bisschen vorschieben.«

Hannah guckte besorgt, Goethe erst verstört, dann ebenfalls besorgt, dann erhob er sich eilig mit eingezogenem Schwanz, um das Zimmer zu verlassen.

»Na ja, versuchen kann man's ja mal«, meinte Hannah zögernd.

Gemeinsam zerrten sie an dem mächtigen Möbel.

»Der bewegt sich keinen Millimeter«, keuchte Lena frustriert.

»Nicht aufgeben, noch ein bisschen, das ist nur wegen des dicken Teppichs, also ... gemeinsam, los!«

Tatsächlich. Nachdem Hannah es geschafft hatte, sich an die Wand gequetscht gegen den schweren Schrank zu stemmen, gab er endlich ein winziges Stückchen nach. Sofort fiel Lena auf die Knie und hangelte nach dem Papier.

»Das kann doch nicht sein! Es ist das Tagebuch, Mensch, wie kommt das denn nach dahinten? Hannah, vorsichtig, ja? Wenn wir den Spalt noch ein bisschen größer machen, komm ich ran, ohne es zu zerreißen.«

Einmal in Bewegung gekommen, schien der Schrank plötzlich weniger schwer zu sein und ließ sich ganz leicht von der Wand wegschieben – nur nicht mehr zurück. Ein Problem, das Lena großzügig übersah.

»Wahnsinn.« Ehrfürchtig hielt Lena das himmelblaue Büchlein auf ihrem Schoß. Ihre Finger strichen zart über den Einband, von dessen ehemals kräftiger himmelblauer Farbe und dem leuchtend goldenen Blumendruck nicht mehr viel übrig war. Dank Goethes Schlabber glich es jetzt mehr einem alten Comicheft, das jemand im Regen vergessen hatte. Es war kaum größer als ein Stapel Postkarten, jedoch angefüllt mit vielen dünnen und jetzt zerfledderten und zerknitterten Seiten. Zwei Glitzersteine fehlten auf dem Einband und mehrere Seiten aus dem Inneren, doch es war da. Es war wieder da! Kaum zu glauben, dass so ein Büchlein eine solche Macht gehabt hatte. Na ja, genau genommen war das Buch ohne Stift völlig wertlos. Nur gemeinsam hatten sie funktioniert und waren zum Zauberset geworden. Zeit, Hannah aufzuklären, fand Lena und suchte den Blick ihrer Freundin, die schnaufte, als hätte sie mal eben den Titelkampf zur stärksten Frau Deutschlands gewonnen.

»Das hier«, Lena deutete gewichtig auf das schmutzig graue Buch, »das hier ist tatsächlich kein gewöhnliches Tagebuch. Du hattest mit deiner Vermutung damals recht – es ist ein Wunschbuch, ein Zauberbuch, wie auch immer du es nennen magst.«

»Haha«, machte Hannah und betrachtete trübsinnig ihre Hände, die vom Schrankschieben knallrot waren. Genauso wie ihre Backen, die vor Anstrengung glühten. » Das kannst du dem Herbert erzählen.«

»Das ist kein Witz, echt. Alles, was man in das Buch reinschreibt, geht in Erfüllung.«

»Dann mal los, Hermine, zeig, was du kannst, und

wünsch dir hokuspokus deinen Krempel in den Koffer.«

»Es funktioniert leider nur mit dem passenden Stift und den hat Goethe auch zerkaut, wie du ja weißt.«

»Ach so.« Hannah zog spöttisch ihre Augenbrauen hoch. Zweifel und Ungläubigkeit standen ihr ins Gesicht geschrieben. Aber auch Neugier. »Gib mal her das Ding.« Sie drehte und wendete es. »Es riecht modrig«, stellte sie fest. »Aber die Knitterstellen, die kann man rausbügeln.«

»Quatsch, lass mal. Es funktioniert ja sowieso nicht mehr. Ist doch egal.«

Aber Hannah klappte schon das Bügelbrett auf, das Lena im Flur hatte stehen lassen, schaltete das Bügeleisen ein und machte sich daran, die Seiten zu bearbeiten.

»Du spinnst ja, jetzt hör auf damit. Ich brauch es sowieso nicht mehr. Übrigens wollte ich auch nichts mehr reinschreiben. Es ist so viel schiefgegangen und dann die Sache mit Paul, dem Aasgeier, der es unbedingt haben wollte.«

Aber bevor Hannah ihre Bemühungen verteidigen konnte, klingelte das Telefon. Es war Lilli, die endlich zurück war von Boscos Sommerweide. Mit schluchzender Stimme, weil sie schon jetzt der Trennungsschmerz von ihrem geliebten Pferd quälte. Lena gab Hannah ein Zeichen, dass sie doch bitte, bitte mit dem Bügeln aufhören sollte, und verschwand in ihrem Zimmer, den Hörer zwischen Schulter und Ohr geklemmt.

Es dauerte lange, bis sich Lilli beruhigt hatte. Erst als Lena erzählte, dass das Wunderbuch wieder aufgetaucht war, ließ sie sich ablenken. Bosco ging es ja gut, er sprang angeblich wie ein Fohlen auf der Koppel herum, benahm sich ganz und gar unmöglich und hatte sein Frauchen bestimmt schon lange vergessen. Das Auftauchen des Buches verdrängte ihn als Top-Thema des Tages.

»Hinter dem Schrank eingeklemmt, sagst du?«

»Ja, und der ist so schwer wie ein Elefant. Keine Ahnung, wie das Buch dahin geraten konnte.«

»Es ist wieder dahaha«, jubelte Lilli, »und wir nehmen es mit und zaubern uns die allerschönsten Ferien, die es jemals gegeben hat.«

»Klar, wenn du mir jetzt noch den Stift besorgst und mir erzählst, was du alles eingepackt hast, dann werden es wirklich supergeniale Ferien«, stänkerte Lena, die den Fund des Buches mit gemischten Gefühlen betrachtete.

Genauso lange, wie Lilli von ihrem Bosco-Trennungsschmerz abzulenken, dauerte es, darüber zu reden, was man zur Reise am besten anziehen und ins Handgepäck nehmen sollte, stellte Lena später fest. Es war mindestens eine Stunde vergangen. Himmel, sie hatte Hannah ganz vergessen.

»Also doch Jeans und T-Shirt. Hoffentlich werden wir nicht gegrillt wie Knackwürste. Es soll irre heiß werden morgen«, schloss Lilli die Diskussion.

»Pah, im Zug gibt's Klimaanlagen. Und Goethe kann sich auch nicht ausziehen. Der arme Kerl muss sogar einen Maulkorb tragen, das habe ich ihm noch gar nicht gesagt.« Lena kicherte schadenfroh.

»Hoffentlich gibt es auch am Strand Gullideckel, sonst bekommt Goethe ein Problem«, stimmte Lilli in das Kichern ein. Mist, daran hatte Lena überhaupt nicht mehr gedacht! Goethe machte nämlich seine Häufchen nur noch direkt in Straßengullis, seit Lena eine entsprechende Notiz ins Wunschbuch geschrieben hatte. Nur, wo erledigte Goethe seine Geschäfte, wenn es keine Gullis gab?

»Gut, dass du mich erinnerst. Zur Not müssen wir Goethe einen Behelfsgulli bauen. Na, die Leute werden staunen.«

Sie verabschiedeten sich und Lena ging schnell schauen, was Hannah so trieb. Die saß im Wohnzimmer auf dem Sofa, las in dem Ex-Wunschbuch und kraulte nebenbei Goethe zwischen den Zehen, was nur Hannah durfte und was Lena ein bisschen neidisch machte.

»Also wirklich, Lena, wenn das alles wahr ist und wirklich alles so passiert ist, wie es hier steht – mannomann, ich kann es nicht fassen.«

»Tja, aus und vorbei. Das war schon Wahnsinn, aber auch echt schwierig. Überleg doch mal, was alles schiefgegangen ist. Meine Eltern zum Beispiel. Ich könnte jetzt noch sterben, wenn ich an die Szene denke, als Papa vor Mama auf die Knie gefallen ist. Das war so was von oberpeinlich. Und die Sache mit Paul, dem Abzocker, ist ja auch nur wegen des Buches passiert.«

»Aber guck, meine Mama und Lars, die haben sich gefunden.«

»Vielleicht hätten sie das ja auch ohne Wunschbuch. Es hätte nur länger gedauert. Nein, Hannah, das ist aus und vorbei.« Sie nahm ihr das Buch ab, das fein säuberlich gebügelt und gereinigt fast wie neu aussah. Hannah hatte sogar liebevoll einen Umschlag dafür gebastelt, sodass die abgekauten Ecken und tiefen Risse nicht mehr auffielen. »Hey, du hast ja auch ein Wunder bewirkt. Es ist wie neu, danke. Ich leg es ins Regal, als nette Erinnerung oder so.«

Lena seufzte. Da tat sie so locker. Mensch, in Wirklichkeit hätte sie mindestens fünf Einkaufsbummel mit Mama dafür gegeben, wenn das Buch wieder funktionieren würde. Dieses Mal wäre sie nämlich schlauer, ganz bestimmt. Dieses Mal würden ihr nicht so viele Fehler unterlaufen, sie hätte absolut den Durchblick! Na, half ja alles nichts. Der Koffer wartete und Goethe wollte seinen Lieblingskauknochen dabeihaben. Und sein Schmusetuch, das immer mit in den Urlaub musste, natürlich noch Küchenrolle wegen seiner Schlabberei und, ja, auch sein Lieblingsnapf musste irgendwie in den Koffer passen.

»Komm, wir machen weiter, Hannah. Wirfst du meine restlichen Klamotten in den Koffer? Dann schau ich mal, wo Goethes Sachen stecken.«

Hannah erhob sich, noch immer stand sie unter dem Eindruck dessen, was sie gerade gelesen hatte. »Wunschbuch«, murmelte sie nachdenklich, »also, so etwas gibt es doch gar nicht.«

Lena schaute ihr nach, wie sie grummelnd und brummend in ihrem Zimmer verschwand, und versuchte, das Unglaubliche zu begreifen. Sie grinste. Hannah war wirklich ein Goldstück!

»So, Goethilein, jetzt bist du dran. Schau mal, hier ist der schöne Maulkorb. Ist das nicht ein Prachtstück? Frauchen hat extra einen großen gekauft, für große Jungs, nicht so ein Spielzeug für Babys. War ganz schön teuer, aber für dich ist uns nichts gut genug.«

Vorsichtig versuchte sie, Goethe das Ding anzupassen. Das fand er gar nicht lustig. Erst guckte er verwirrt, dann empört, dann störrisch, dann kratzte er sich den Maulkorb kurzerhand vom Kopf und verschwand eilig unter dem Bett ihrer Mutter. Glück für ihn, dass die Tür nur angelehnt gewesen war. Aber Lena kannte da einen Trick. Man musste lediglich ein bisschen warten, mit dem Napf klappern oder mit der Leine winken und wie der geölte Blitz würde Goethe wieder auftauchen. Sie ließ ihn erst einmal, wo er war, und widmete sich seinem Hunde-Schlafkorb. Nicht, dass er oft hier schlief, das tat er in ihrem Bett, zu ihren Füßen, auf dem Sofa oder heimlich auf dem Bett ihrer Mutter. Aber hier bunkerte er alles, woran sein treues Hundeherz so hing. Mit spitzen Fingern zog sie sein Schmusetuch zwischen den Kissen hervor. Eine grausige Geruchsmischung aus übervölkerter Mäusewohnung, verwesenden Knochen und algigem Schleim verschlug ihr kurz den Atem. Igitt. Der gesamte Korb konnte eine baldige Tiefenreinigung vertragen. Am besten mitsamt der Kissen, des Matratzenbezugs und diverser Plüschtiere, die sie Goethe manchmal mitbrachte oder die er aus ihrem Bestand geklaut hatte. Aha, auch ihr ehemaliges Lieblingstier, ein Schlamperhase mit besonders langen Ohren, fand sich hinter dem Korb. Aber weder für Ärger noch für große Wäsche war jetzt Zeit. Also stopfte Lena den stinkenden Lappen samt des zerkauten Plüschhasen in eine Tragetasche, damit das Zeug im Koffer wenigstens nicht ihre Wäsche beschmutzen konnte. Wo war denn dieses scheußliche Plastikhühnchen, das früher einmal gequiekt hatte und seit mindestens einem Jahr verstummt war? Sie durchwühlte die Kissen. Eigentlich könnte doch Mama Goethes Korb frisch machen, während sie im Urlaub waren! Sie zog sämtliche Kissenbezüge ab und warf sie neben die Waschmaschine ins Bad. Dann die Matratze. Ganz schön schwer und unhandlich. Und sie hatte Flecken, über die Lena lieber nicht nachdenken wollte, ganz zu schweigen von dem Mäusegroßfamiliengeruch. Kein Wunder, dass man in der Wohnung so viel lüften musste, wo andauernd dieser Stinkhaufen mitten im Flur vor sich hin müffelte. Zack, Reißverschluss auf, Matratze herausschälen und – stopp. Was war denn das? Schon wieder Himmelblau? War heute der himmelblaue Himmelblautag? Da, zwischen den Ritzen des Korbgeflechts funkelte es verdächtig. Hellblau. Lena konnte sich nicht erinnern, dass Goethe jemals ein hellblaues Spielzeug gehabt hatte. Obwohl er doch ein Junge war. Sie ließ die Matratze zur Seite fallen und pulte in dem Geflecht. Heute konnte sie nichts mehr wundern. Sie hielt ein Plastikteil in der Hand. Es war ein Stück des Stiftes, der zum Wunschbuch gehörte. Der Stift, den sie vor ein paar Monaten im Park gefunden und der perfekt zu ihrem Büchlein gepasst hatte, so perfekt, dass man mit beiden zusammen frisch fröhlich hatte herumwünschen können. Bis Goethe dem Zauber ein Ende bereitet hatte. Kurz vor den Ferien war das gewesen und eigentlich war sie schon lange drüber hinweg. Aber jetzt, jetzt waren erst das Buch und nun ein Teil des Stiftes wieder aufgetaucht. Merkwürdig. Lena konnte nicht anders und wuchtete den ganzen Hundekorb aus seiner Ecke heraus, stemmte ihn hoch und schüttelte und rüttelte. Na, hatte sie es doch gewusst! Da purzelte in aller Unschuld der Rest des Stiftes auf den Boden. Gesplittert, aber komplett mit Mine. Und wenn man vorsichtig das Stück einkleben würde, das sie hier in der Hand hielt, dann fehlte nur der Deckel. Dessen Überreste hatte sie nach Goethes Gewaltakt weggeworfen. Sie schüttelte noch einmal. Aha. Der große Glitzerstein, der den Drücker des Stiftes gekrönt hatte, kullerte ebenfalls aus dem Korbgeflecht. Sie erschrak, als sie einen Schritt zurücktrat und gegen Hannah prallte. Sie hatte nicht einmal bemerkt, dass Hannah ihr bei ihren Bemühungen zuschaute, so konzentriert war sie gewesen. Goethe war auch wieder da. Den Maulkorb trug er im Maul, als ob er vorgehabt hätte, sich zu entschuldigen. Doch jetzt hatte er mit ganz anderen Problemen zu kämpfen, schließlich wurde hier gerade sein Eigentum demontiert und das fand er höchst befremdlich. Ein Laut zwischen Knurren und kläglichem Jaulen entfuhr ihm, der Maulkorb landete auf dem Boden.

»Ist er das?«, fragte Hannah und kroch in die Ecke, um den Stift hervorzuholen.

»Ja, das war er. Sieht eigentlich noch ganz gut aus, oder?«

»Hm«, machte Hannah und untersuchte ihn vorsichtig. »Ganz schön kaputt, würde ich sagen. Der Deckel fehlt, den Rest können wir vielleicht kleben. Dein Stück da«, sie wies auf den Splitter, den Lena noch in ihrer Hand hielt, »also, das kann man gut einsetzen. Hast du Sekundenkleber? Und Tesa? Ich mach das für dich, ja?«

»Du machst wohl heute alles für mich«, motzte Lena im Stillen, fügte sich aber brav und ging Kleber und Tesa holen. Goethe bekam einen giftigen Blick, der ihn mit eingezogenem Schwanz zurück ins Schlafzimmer trieb. Mit dem würde sie sich später beschäftigen.

»Von wegen Sekundenkleber«, murmelte Hannah wenig später mit verkniffenen Lippen. Mit Daumen und Zeigefinger presste sie fest den Stift zusammen. »Ich glaube, ich sitze schon eine halbe Stunde hier. Hoffentlich sind meine Finger nicht gleich mit angeklebt.«

»Nein, warte lieber noch ein paar Minuten. Ich bin auch fast fertig hier.« Lena hatte Hannah wie versprochen einen Account auf ihrem Chatforum eingerichtet, nahm die letzten Einstellungen vor und schrieb ihr noch eine kurze Anleitung.

»So, jetzt kann gar nichts mehr passieren. Du loggst dich ein und los geht's. Ich bin so froh, dass Tante Pi wenigstens einen Internetanschluss hat. Manchmal ist sie ist ein bisschen von vorgestern, aber so ganz will sie sich auch nicht von der Technik abhängen lassen.«

»Ich lass jetzt los. Oh, das zippt, da ist tatsächlich mein halber Finger mitangeklebt.« Vorsichtig löste Hannah ihren Daumen und reichte den Stift an Lena weiter. »Schreibst du mal was? Ich trau mich nicht mit so einem verhexten Ding.«

»Also echt, kann ja nichts passieren, solange du nicht in das Notizbuch schreibst. Gib mal her.« Lena wog den Stift in der Hand. Er fühlte sich trotz der Klebestellen vertraut an. Wie für sie gemacht eben. »Sieht wirklich gut aus.« Sie kritzelte ein Pferdchen auf einen Schmierzettel und schrieb »Bosco auf der Sommerweide« dazu. »Funktioniert hervorragend. Als wäre nichts passiert.«

»Dann zeig mal, was das Buch so kann«, forderte Hannah, ohne den Stift aus den Augen zu lassen. Er schien ihr noch immer ziemlich suspekt zu sein.

Lena zögerte nur kurz, zu groß war die Versuchung. Aber was sollte schon schiefgehen, sie wusste ja jetzt, wie mit dem Wunderding umzugehen war. Nachdenklich sah sie Hannah an. »Na ja, die Koffer sind gepackt, was könnte man denn . . .« Sie blickte sich suchend um, als Goethe mit seiner feuchten Nase die Tür aufstupste und hereintrottete. »Ach, Goethe«, freute sie sich, schnappte das Buch und schrieb schnell:

»Goethe trägt ab sofort seinen Maulkorb ohne Widerstand und streift ihn nicht mehr ab.«

Das Versuchskaninchen drängelte an Hannah vorbei, bahnte sich unberührt den Weg zu Lenas Bett und sprang mit größter Selbstverständlichkeit hinein.

»Und? Was passiert jetzt?«

»Nichts. Goethe wird nicht plötzlich grün oder so. Aber wir probieren mal, was er zu seinem Maulkorb sagt, ja?« Das ungeliebte Stück lag noch immer im Flur. Lena schnappte es schnell und setzte sich neben Goethe auf die Bettkante.

»Na, Goethilein? Du weißt doch, dass du nicht in mein Bett darfst, du Schlingel. Dafür hab ich jetzt was ganz Feines für dich.« Sie hob seinen schweren Kopf und legte ihm den Maulkorb an. Kein Protest, nur zufriedenes Seufzen. Goethe rollte sich samt seines neuen Accessoires einfach zusammen und schlief ein.

»Wow!«, flüsterte Hannah andächtig, »ein Wunder.«

»Na super, es klappt noch. Dann wollen wir mal.« Ohne ein einziges Mal abzusetzen, schrieb Lena all ihre kleinen Sorgen weg, die sie vor dem morgigen Tag hatte: dass der Zug rechtzeitig kommen würde, dass das Wetter zwei Wochen traumhaft sein musste, dass die Zugfahrt gut verlaufen und Tante Pi pünktlich sein würde, was nämlich nicht so deren Stärke war, und dass es leckeres Essen im Speisewagen geben würde und noch ein paar Worte zu der Aufpasstante, die Mama für die Reise gebucht hatte. Ein Thema, das sie gar nicht lustig fand und das zu langen Auseinandersetzungen mit ihrer Mutter geführt hatte. Nur weil Lena letzten Sommer, als sie noch über ein Jahr jünger und mit Bahnfahrten völlig unerfahren gewesen war, statt in Wilhelmshaven in Bremerhaven gelandet war und Tante Pi in heillose Aufregung gestürzt hatte! Wegen so eines kleinen Zwischenfalls war ihre Mutter der Meinung, dass sie und Lilli mit einer betreuten Kindergruppe fahren mussten. Das war so überflüssig wie saure Nierchen, so oberdaneben und hammerpeinlich, dass sie es niemandem außer Hannah – und Lilli natürlich, die ja direkt betroffen war – erzählen konnte. Eine Kindergartenaufpasserin für zwei fast erwachsene

Mädchen! Also wirklich, wahrscheinlich waren nur Windelkinder in ihrer Gruppe. Aber nichts hatte ihre Mutter umstimmen können. Und jetzt waren sie fest eingebucht auf die Reisegruppe 168 mit Frau Brigitte Franke nach Bremen. Dort würde man sie zur Bahn nach Wilhelmshaven bringen, wo sie Tante Pi abholen konnte.

»Hehe«, machte Hannah prompt gehässig, als sie Lenas Eintrag las. »Das wurmt dich gewaltig, oder? Setzt euch doch einfach ein bisschen ab, Ohrstöpsel rein, iPod aufgedreht und es kann euch egal sein, ob jemand auf euch aufpasst oder nicht.«

Das war typisch Hannah. Vernünftig und pragmatisch. Aber das wirklich Schlimme war ja nicht die Gruppe an sich, die kannte sie ja noch nicht einmal. Nein, wirklich empörend war die Tatsache, dass man sie wie Babys unter Obhut gestellt hatte, fand Lena.

»Dir wäre es auch nicht recht, wenn du mit Aufpasser reisen müsstest.«

»Ach, ist doch piepwurstegal. Hauptsache raus, ans Meer und Urlaub machen.«

»Es ist so furchtbar, dass du nicht mitkommst. So lange Sommerferien und du musst hier herumsitzen, das ist ungerecht und grausam.«

»Quatsch. Wenn die Sache mit Mam wieder ins Reine kommt, dann ist das tausendmal besser als zwei Wochen Sommerferien, dann ist das wie ... nun, wie immer Ferien haben. Außerdem ist ja noch nicht gesagt, dass wir nicht wegfahren. Vielleicht erhole ich mich in den letzten zwei Ferienwochen in den Bergen, während du deine Sprachreise machen und büffeln musst.«

Da! Hatte es Lena nicht gesagt? Hannah, die verflixt noch mal Vernünftige, war so vernünftig, dass es kaum zum Aushalten war. Sie seufzte. Sinnlos, jetzt noch darauf herumzureiten.

»Ist schon okay. Schau mal«, sie schob Hannah den Laptop über den Tisch. »Hier, absolut idiotensicher. Name eingeben, Passwort und drin bist du und hier . . .«, sie fuhr mit der Maus auf dem Bildschirm herum. »Hier einfach reinschreiben, du musst immer nur auf den Antwort-Button gehen, ja?«

»Das krieg ich hin, ich bin doch kein Idiot«, zog Hannah sie auf. »Außerdem erklärst du es mir gerade zum dritten Mal.«

Kapitel 3

In letzter Sekunde, nämlich gerade noch rechtzeitig zum vereinbarten Treffpunkt der Kinderreisegruppe, trafen Lena, ihre Mutter und Goethe am Bahnhof ein. Goethe war schuld an ihrer Fast-Verspätung, der Meinung jedenfalls war Lenas Mutter. Lena gab sich insgeheim selbst eine Teilschuld, weil Goethe ja genau genommen nichts dafür konnte, dass er partout seinen Maulkorb nicht mehr ausziehen wollte und demzufolge auch nicht mehr fressen konnte – außer ein paar Leckerli, die sie ihm durch einen Schlitz zwischen die Lefzen geschoben hatte. Mama hatte den halben Morgen damit vertrödelt, dem störrischen Hund die Riemen von den Ohren zu schieben, die er prompt wieder zurückgekratzt hatte. Erst als Goethe böse wie ein Löwe geknurrt hatte, hatte sie aufgegeben. Und Lena hatte es gar nicht erst versucht. Die Wirkung des Zauberbuchs war ein wenig drastisch, das musste sie zugeben, aber lieber ein Goethe mit Maulkorb, der nicht fressen konnte – das würde er schon einen Tag überleben, da war sich Lena ganz sicher –, als ein Goethe, der im Zug Theater machte. Dazu war natürlich noch die ausgiebige Abschiedsszene von Hannah gekommen, die extra – und trotz Ferien, das musste man sich mal vorstellen! –

so superfrüh aufgestanden war, nur um noch winken zu können. Beim Winken war es nicht geblieben und so hatten sie wieder kostbare Minuten verloren.

Die Reisegruppe hatte sich also schon fast komplett versammelt, als Lena mit ihrer Mutter, Goethe und Riesenkoffer im Schlepptau durch das Bahnhofsgebäude zur Bahnhofsmission rannte, vor deren Eingang sich die Gruppe treffen sollte. Bahnhofsmission, grummelte Lena, sie wollte keinesfalls missioniert werden und sowieso nicht mit einer Kleinkindergruppe quer durch Deutschland reisen.

Der Lichtblick an diesem Morgen war Lilli. Genauer gesagt, deren ganze Familie: Lilli, ihre Mutter, ihr Papa und ihre Schwester Nina, die schon wieder einen ganz munteren Eindruck machte. Sie standen ein wenig abseits vom restlichen Trubel, der um eine Person tobte, von der Lena nur ab und an ein paar graue Haarbüschel zu sehen bekam. Ansonsten wurde sie von Müttern, Vätern, Gepäckstücken und Kindern umlagert, die abwechselnd an ihr zogen, zippten, auf sie einredeten, sie anschrien und – im Fall eines kleinen Jungen – sich fest an ihre Beine klammerten und nicht mehr losließen.

Kurz bevor Lena in Lillis ausgebreitete Arme stürzte, fielen ihr noch drei Jungs auf, die unschlüssig herumklemmten, als wüssten sie nicht so recht, wie sie hierhergekommen waren. Wie die Orgelpfeifen standen sie da.

»Lena!«

»Lilli!«

»Endlich . . .«

». . . geht's los!«

»Ich freu . . .«

». . . mich schon so riesig!«

»Weiß gar nicht, wohin. . . .

». . . mit meinem vielen Freuen.«

Lachend lösten sie sich. Sie waren so vertraut miteinander, dass sie nicht nur wussten, was die andere gleich sagen würde, sondern sogar die Sätze der anderen zu Ende sprechen konnten, als hätten sie es stundenlang eingeübt.

Nachdem sich auch die Eltern artig begrüßt hatten und Nina sich über Goethe hergemacht hatte, versuchte Lenas Mutter, sie bei der Gruppe anzumelden. Erfolglos. Die Person mit den grauen Haarbüscheln war inzwischen auf eine Sitzbank geflüchtet und hob die Hände, als wollte sie ein »Amen« über ihre Gemeinde aussprechen.

»Ihr Lieben, so beruhigt euch doch. Lasst mich euch erst einmal willkommen heißen, ich bin eure Reisebegleiterin, Frau . . .«

Weiter kam sie nicht, denn zwei kleinere Mädchen hatten sich über einen rosafarbenen Trolley mit Pferdemotiv in die Haare gekriegt und balgten sich heftig am Gleisrand. Eindeutig war das Mädchen im weiß-lila Rüschenkleidchen mit Schleife im Haar unterlegen, während das andere, mit festen Schuhen und Cargojeans ausgestattet, sich mit stürmischen Beiß- und Kratzattacken über sie hermachte. Eine Mutter stürzte zur Rettung herbei, stolperte über einen Koffer, der ein wenig abseits gestanden hatte, und knallte der Länge nach auf den schmutzigen Bahnhofsboden. Ein Vater im dunkelblauen Anzug griff sich zielsicher das blasslila Mädchen mit der einen Hand und den Trolley mit der anderen und beförderte beides in sichere Entfernung vor der Cargo-Mini-Furie. Die Reisebegleiterin konnte fortfahren, schaffte es aber kaum, das wütende Kreischen der Mini-Furie und das wehklagende Heulen des Rüschen-Mädchens zu übertönen.

»Ich heiße Brigitte Franke, bitte nennt mich Brigitte«, rief sie hilflos.

»Igitte Brigitte, die Franke kriegt eins mit der Pranke«, krakeelte ein fünfjähriges Monsterkid, was die Mini-Furie zu begeistertem Johlen veranlasste, hatte sie doch einen Verbündeten zum Unruhestiften gefunden.

Lena und Lilli schauten mit großen Augen auf den Tumult und wünschten sich weit, weit weg. Am besten direkt zu Tante Pi oder wenigstens wieder nach Hause ins Bett.

»Das ist noch viel schlimmer, als ich dachte«, flüsterte Lena Lilli zu.

»Es ist die Hölle. Ich mag deine Mam, echt, aber das vergesse ich ihr nie.«

»Ich auch nicht, ich schwör's. Ich nenn die da auf jeden Fall Frau Franke und nicht Brigitte, und du?«

»Klar, Frau Franke«, stimmte Lilli zu. »Die hat's irgendwie null im Griff, oder?«

»Na ja, wenn die Kleinen sie beschäftigen, dann lässt sie uns wenigstens in Ruhe.«

»Ich glaub, sie ist beschäftigt«, stellte Lilli nach einem kurzen Blick auf Frau Franke fest, die an jeder Hand drei Kids hatte, zwei davon heulend, zwei um sich tretend – keine Frage, welche das waren – und zwei, die ganz verschreckt guckten und sich nicht zu regen wagten. Nebenbei versuchte sie, mit Papieren zu hantieren und ein paar Worte mit den drei Jungs zu wechseln, die sich noch keinen Millimeter bewegt hatten. Sie schienen ähnlich begeistert zu sein wie Lilli und Lena und sich ebenfalls weit, weit weg zu wünschen. Damit hörten die Gemeinsamkeiten aber auch schon auf.

»Der Kleine da, der sieht ja aus wie einem Modeprospekt entsprungen«, flüsterte Lilli und spielte damit auf das engelhafte Aussehen des Jüngsten an, der so um die neun Jahre alt sein musste. Er steckte in stylischen Klamotten, hatte halblange blonde Haare, die unter der Kappe hervorkringelten, große, erschrockene Augen und ein Gesicht, das sämtliche Nachwuchsmodels vor Neid erblassen lassen würde.

»Dafür haben sie bei den anderen gespart, oder?«, lästerte Lena. Tatsächlich steckte der mittlere Junge in zerknautschten Jeans, einem ausgeleierten T-Shirt und trug eine Regenjacke um die Hüfte geschlungen. Seine rötlich blonden Haare waren streichholzkurz, seine blassblauen Augen scannten aufmerksam die Umgebung. Wirklich bemerkenswert war aber, dass sein Mund nicht eine Sekunde stillstand. Er redete ununterbrochen, und selbst wenn kein Laut aus der Jungs-Ecke zu hören war, bewegte sich sein Kiefer.

»Oh Himmel, was 'ne Quasselbacke. Hoffentlich seiert der uns nicht die ganze Zeit voll«, meinte Lilli abfällig.

»Der da ist doch schon viel zu alt für so eine Gruppe, oder?«, war Lenas Kommentar zum dritten und ältesten der Jungs.

»Ja, aber wirklich. Vielleicht ist er ja irgendwie zurückgeblieben und darf deshalb nicht alleine fahren.« Neugierig, aber so unauffällig wie möglich, beobachteten sie den Großen.

»Eigentlich sieht er gar nicht so schlimm aus. Irgendwie cool, jedenfalls nicht zurückgeblieben«, urteilte Lilli schließlich. Löchrige, tief hängende Jeans, ein großes Vintage-T-Shirt und ein lässiges Karohemd unterstrichen die Haltung des Jungen: lässig, cool und absolut deplatziert. Unberührt schweiften seine Augen über die chaotische Gruppe hinweg und schienen dort, irgendwo in weiter Ferne, das Paradies entdeckt zu haben. Vielleicht lag sein abwesender Gesichtsausdruck aber auch an dem Sound, den er hörte. Denn in beiden Ohren steckte ein weißer Stöpsel und dünne Kabel verschwanden gemeinsam mit seinen Händen tief in den Hosentaschen. Anstelle des obligatorischen Rucksacks, den jedes Kind bei sich hatte, lehnte eine Gitarrentasche an seiner Seite.

»Der macht's richtig«, meinte Lena und tippte sich an die Ohren.

»Schon. Aber er ist bestimmt total arrogant. Wie der schon dasteht. Könnte ja mal ein bisschen freundlicher gucken, oder? Vielleicht ist er ja doch irgendwie . . .«

»Du guckst auch nicht gerade freundlich«, unterbrach sie Lena kichernd.

»Oh, es scheint loszugehen.«

Bewegung war in die Gruppe gekommen. Die Reisebegleitung hatte es geschafft, die Kinder vorerst wieder den Eltern zurückzugeben, und arbeitete sich zu ihnen durch.

»Willkommen, ihr müsst Lena und Lilli sein. Ich freue mich immer, wenn ich ein paar große Mädchen dabeihabe, die können so gut mit den Kleinen umgehen.«

Boah, die spinnt wohl, dachte Lena und schaute schnell mit hochgezogenen Augenbrauen zu Lilli, die natürlich genau das Gleiche dachte. Wenn diese Frau Franke glaubte, dass sie bis nach Bremen die Babysitter spielen würden – ohne Bezahlung wohlgemerkt –, dann hatte sie sich kräftig gekniffen!

Aber Frau Franke schaute sich nur suchend um.

»Ihr reist doch mit Hund, oder? Ist er das etwa?« Ihr

Blick besagte, dass sie Goethe für eine besonders furchterregende Ausgabe seiner Spezies hielt.

»Liebes bisschen, der ist aber groß. Und so . . . zottelig. Gut, dass ihr ihm schon seinen Maulkorb angelegt habt, sonst ängstigen sich die Kleinen ja noch.« Davon war nichts zu bemerken, denn kaum war bekannt geworden, dass Goethe zur Reisegruppe gehörte, hingen vier fremde Kinder an ihm, als wäre er das einzige Rettungsboot eines sinkenden Schiffs. Hilflos und fragend suchte er Lenas Blick, die ihm aufmunternd zunickte, worauf er seufzend unter dem Gewicht der Kinder zu Boden sank. Ja, wirklich ein fürchterlicher Hund, dachte Lena, ein fürchterlich dummer Hund.

»So, Kinder, nun wollen wir mal. Gleis sieben, da kommt unser Zug. Die Eltern können gerne noch zum Winken mitkommen.« Frau Franke schwenkte eine Fahne über ihrem Kopf. Darauf waren das Logo der Bahn, das Logo des Begleitservices und jede Menge lachender Teddys und Mäuse zu sehen.

»Himmel, wo ist das Loch, in das wir uns verkriechen können?«, jammerte Lilli. »Ob es auffällt, wenn wir uns an ein anderes Gleis stellen?«

Sie verabschiedeten sich schnell von ihren Eltern, die froh zu sein schienen, dem Chaos zu entkommen. Dafür kam der ganze Tross der anderen Eltern mit. Nur die drei Jungs hatten keinen Anhang, die schienen alleine hier zu sein.

»Vielleicht ist der große der Aufpasser und bringt die

jüngeren nur zur Bahn«, flüsterte Lilli, als sie im Pulk der Gruppe zum siebten Gleis gingen. »Hoffentlich sieht uns hier keiner.« Sie blickte sich besorgt um.

»Wir sollten uns beeilen«, murmelte Lena, »ich habe extra geschrieben, dass der Zug pünktlich ist. Keine Sekunde länger als nötig will ich mit denen hier auf dem Bahnsteig herumstehen.«

Punktgenau in dem Augenblick, als sie erleichtert ihre Taschen und Koffer an Gleis 7, Abschnitt D, hatten fallen lassen, und absolut pünktlich nach Fahrplan, begannen die Lautsprecher der Bahnhofsdurchsage zu knistern und summende Geräusche von sich zu geben. Metallisch knarzend übertönte eine monotone Stimme die Geräusche und kündigte den einfahrenden Zug an – allerdings auf Gleis 25. Es habe eine kleine Verschiebung gegeben und die Gäste mögen sich doch nun bitte so schnell wie möglich zu Gleis 25 begeben. Binnen Sekunden entstand etwas, das die Massenpanik einer Büffelherde harmlos erscheinen ließ. Koffer, Kinder, Rucksäcke und alles, was nicht niet- und nagelfest war, wurden gepackt, unter die Arme geklemmt und rund dreihundert Menschen rannten gleichzeitig quer durch den Bahnhof, überrollten einer Lawine gleich die wartenden und bummelnden Menschen auf dem Vorplatz, walzten zwei patrouillierende Sicherheitskräfte nieder und bogen schließlich in letzter Sekunde – die Türen wurden bereits geschlossen – bei Gleis 25 ein. Lilli und Lena kamen wegen Goethe ziemlich reibungslos durch das Gewühl. Wie auf Knopfdruck öffnete sich ihnen die Menschenmenge und gab den Weg frei, wenn sie mit ihrem großen Hund angerast kamen. Automatisch hatten sie deshalb die Führung der Gruppe übernommen und Frau Franke folgte ihnen mit den Kleinen und deren Eltern, wie das israelische Volk Mose durch das geteilte Meer gefolgt war.

Die arme Frau Franke hatte einen hochroten Kopf, brüllte nach ihren Schäfchen, zählte in atemberaubendem Tempo durch und schob ihre glücklich vereinte Herde geradezu gewaltsam durch die letzte der geöffneten Türen. Der Abschied von den überrumpelten Eltern fiel dementsprechend kurz aus, zwei Kinder weinten, Monsterkid und Mini-Furie ließen ihre Rucksäcke draußen stehen und rannten erst einmal die Gänge des Zuges entlang, immer bemüht, möglichst viel Gepäck umzurempeln.

»Ich denke, du hast den Zug pünktlich herbeigeschrieben«, japste Lilli, als sie glücklich auf ihren Plätzen saßen. Glücklich, weil es tatsächlich keine gruselig stickigen Abteile gab, sondern einen Großraumwagen und Lena und Lilli in aller Ruhe nebeneinander sitzen, plaudern oder Musik hören konnten. Ein bisschen weniger glücklich war Goethe, für den es einfach keinen Platz gab. Im Gang mussten sich permanent Leute an ihm vorbeischieben oder über ihn hinwegsteigen, zwischen den Plätzen ging es nicht, dafür war er einfach zu riesig, und einen eigenen Sitzplatz durfte er ebenfalls nicht haben.

»Wir müssen ihn am Kofferparkplatz anbinden«, entschied Lena schließlich und bugsierte ihn vorsichtig zu der einzigen Stelle im Waggon, an der man sich um die eigene Achse drehen konnte, ohne überall anzustoßen.

»So, du Lieber, hier ist dein Plätzchen, hier machst du Platz. Platz, nicht Pfötchen geben, PLATZ.« Goethe war tödlich beleidigt. Einzig seine neue Liebe, der Maulkorb, konnte ihm Trost spenden. Er kroch in die hinterste Ecke, streckte Lena seinen wuscheligen Hintern entgegen, klappte den Schwanz ein und grunzte sterbensunglücklich. Aber was konnte Lena tun? Nichts. Außer später, wenn Ruhe eingekehrt war, ein wenig zaubern. »Träum schon mal vom Strand, ja?«, tröstete sie ihn und klapste ihm auf den beleidigten Po.

Direkt vor Lillis und Lenas Plätzen hatte Frau Franke die beiden Vierersitzgruppen mit Tischchen reserviert, in der Sitzreihe neben ihnen saßen der mittlere und der größere der Dreier-Jungs. »Endlich«, grummelte Lena, als der Zug langsam anfuhr. »Ferien, wir kommen.«

Frau Franke bestand auf einer Erzählrunde. Man würde schließlich fünf Stunden gemeinsam verbringen, da wollte sie, dass sich die Kinder mit Namen anreden und miteinander spielen konnten.

»Spielen?«, Lilli zog die Augenbrauen hoch.

»Natürlich«, flötete Frau Franke und zauberte einen Spielekoffer und einige Beutel unter ihrem Sitz hervor. »Ist das nicht wunderbar? Malstifte, Blöcke, alles da.«

»Malstifte?«, grinste Lena und fing demonstrativ an, mit ihrem iPod zu hantieren, während die Kleinen die Wunderfee Brigitte jubelnd umtanzten und ihr Überraschungssäckchen innerhalb von Sekunden plünderten. Zwei hatten sich ein Mini-Monopoly geschnappt und kannten die Regeln nicht, zwei wollten Mau-Mau spielen, konnten aber die Karten nicht halten, und Monsterkid und Mini-Furie hatten sich erwartungsgemäß verbündet, schnippten Papierschnipsel durch den Waggon und malten gruselige Wachsstiftbilder an die Fenster, in denen wüste Bestien mit überdimensionalen Klauen auf arme Häschen losgingen.

Kurz, Frau Franke war erst einmal beschäftigt, bis ihr die Sache mit den Namen wieder einfiel.

»Kinder, nun machen wir ein Kennenlernspiel«, posaunte sie so laut, dass es Lilli und Lena durch die Ohrstöpsel dröhnte. Spätestens als ein Knirps namens Ferdi zum dritten Mal »mein rechter, rechter Platz ist frei, ich wünsche mir die Lena herbei« krähte, wünschte sich Lena wirklich ganz woandershin. Hätte sie nur nie ihre Ohrstöpsel herausgenommen. Immerhin wussten sie jetzt tatsächlich die Namen der ungleichen Gruppe. Namen, die sie allerdings am liebsten so schnell wie möglich wieder vergessen hätte.

»LucAS, JonAS, TobiAS PASsauer«, stichelte Lilli, als

sie endlich wieder auf ihre Plätze durften. Aha, Lilli hatte sich die Namen der drei Jungs gemerkt.

»Unsere drei Asse«, gluckste Lena zurück.

»Genau, was für Helden! Das Mini-Ass, das Midi-Ass und das Maxi-Ass . . .«, Lena spürte schon den unbändigen Druck in der Brust, der einem brüllenden Lachen vorausging, und grunzte hilflos, als sie rüde unterbrochen wurde. »He«, zupfte sie das Midi-Ass am T-Shirt.

»Was he«, konterte sie abweisend. »Zupf nicht so.«

»Willst du mal was sehen?« Ungerührt hielt ihr Jonas seinen iPod unter die Nase. Fußball. Superinteressant. »Das genialste Tor aller Zeiten. Ich führe sieben zu fünf.« Lena guckte ihn nur an und gähnte. Knobelspiele konnten sie interessieren, vielleicht auch Mathetrainer, aber nur auf der einfachsten Stufe, dann machte es nämlich Spaß, weil man immer die höchste Punktzahl erhielt. Oder Kartenspiele. Da hatte sie sich extra eines heruntergeladen, das sie mit Lilli spielen wollte. Im Gegensatz zu Lena, die immer topp ausgestattet war, weil ihr Papa ihr lieber tolle Geräte kaufte, als endlich mit ihr die versprochene Karibikkreuzfahrt zu unternehmen, hatte Lilli nur einen einfachen MP3-Player. Reichte ja eigentlich auch. »Auf dem Pferd oder auf dem Fahrrad kann ich sowieso keine Spielchen spielen«, sagte sie immer tapfer, wenn Lena wieder einmal mit einer brandheißen Version ankam.

»Zauberzeit«, stellte Lena nach einem genervten

Blick auf den iPod des Midi-Asses fest. »Wie kann man nur so ein tolles Gerät für so einen Mist missbrauchen.«

»Hast ja keine Ahnung«, gab Jonas zurück, ohne zu kapieren, worum es hier ging. »Aber ich hab noch was Besseres. Hier, guck mal.«

Die Titelmelodie von StarWars ertönte. »Cool, oder? Hat mein Kumpel im Netz ausgegraben.« StarWars und Fußball. Lena wusste schon, warum sie so wenig Zeit mit Jungs verbrachte. Dabei war Jonas ungefähr so alt wie sie. Galaxien schienen sie zu trennen. »Jetzt pass mal auf. Ich bin schon im siebten Level, da gibt es eine Szene, die musst du ...« Er schob die Zunge in den Mundwinkel, hörte endlich auf, sich so aufdringlich zu ihr herüberzubeugen, und machte sich auf die Suche nach seinem aktuellen Spielstand im wahnsinnigen siebten Level. Lilli stieß Lena an. »Wirklich spannend, oder?«

»Ja, du sagst es. Zeit, etwas gegen diese unzumutbaren Zustände hier zu unternehmen.« Lena kramte in ihrem Rucksack. »Ehrlich, wenn das nicht alles so furchtbar hektisch gewesen wäre, dann hätte ich früher eingegriffen. So, hier ist es, jetzt warte mal.«

»Das soll noch funktionieren? Das sieht aus wie ein Malbuch aus dem Kindergarten! Und wo ist der Stift?«

»Ist auch wieder aufgetaucht – in Goethes Schlafkorb.«

»Der schaut ja aus!«

»Na, wer wird denn auf Äußerlichkeiten achten«, tadelte Lena und schrieb: »Ab jetzt lässt uns Frau Franke in Ruhe. Sie fordert uns nicht mehr zur Teilnahme an blöden Spielen auf und sie verlangt nicht von uns, den Babysitter für die Kleinen zu machen«. Lilli nickte zustimmend. »Gut, und jetzt schreib mal noch was zu den Toiletten. Total eklig, sag ich dir. Komplett verstopft, die Suppe schwappt schon über den Rand. Probier doch mal, ob du nicht einen Abflussreiniger oder so etwas herbeischreiben kannst.«

»Also, wie wäre es mit: Sämtliche Toiletten im Zug sind in einem astreinen Zustand, blitzsauber und riechen wie neu. Sie sind überhaupt nicht mehr eklig und man kann jederzeit draufgehen, ohne einen Kotzanfall zu bekommen.«

»Ein bisschen heftig, findest du nicht?«

»Das kapiert das Buch schon. So, und jetzt unsere liebe Reisegesellschaft: Die Kleinen sind ab sofort brav und leise und hören auf, ständig herumzuquengeln, spielen für sich und ...«, Lena fing an, auf dem Stift herumzukauen, bis sie das Tesaband schmeckte. Igitt, lieber nicht, immerhin hatte ja auch Goethe darauf herumgekaut. »Also weiter, jetzt die drei Asse: Die drei Asse lassen uns in Ruhe und bequasseln uns nicht. Am besten, sie setzen sich auch weit weg von der Gruppe, damit wir sie nicht immer angucken müssen.«

»Nein, das erscheint mir ein bisschen krass.« Schon wieder hatte Lilli was zu meckern – sollte sie es doch besser machen, also wirklich. »Du weißt doch, dass sich deine Wünsche nicht auf dich beziehen dürfen. Das musst du anders formulieren.«

»Gut.« Wo Lilli recht hatte, hatte sie recht. Bestimmt hatte sich nichts daran geändert, dass sie sich nichts für sich wünschen durfte. Das war – mal im Ernst – ziemlich fies.

»Die Jungs setzen sich mindestens vier Reihen weiter vorne hin.« Sie nickte zufrieden, als sie den Satz las.

»Kannst du sie nicht gleich ganz wegschreiben?«

»Warum denn? Die haben uns doch eigentlich gar nichts getan. Nachher wartet in Bremen eine tüttelige Oma auf sie und ist ganz traurig, wenn die Asse nicht ankommen.«

Wie auf Befehl schnappte sich das Maxi-Ass seine Gitarre und setzte sich vier Reihen weiter – nach hinten allerdings. Mini- und Midi-Ass folgten ihm auf den Fersen. Komisch nur, dass sich eine klitzekleine Enttäuschung in Lena breitmachte. Irgendwie hatte es ihr doch gefallen, neben einem so coolen Typen wie dem Maxi-Ass zu sitzen. Der wertete die Reisegruppe ganz schön auf, fand sie. Schon allein wegen der Gitarre, die er jetzt auspackte und leise zu spielen begann. Und superblöd, dass breit grinsend das Monsterkid die frei gewordene Reihe beschlagnahmte und mit seinem Kaugummi das Fenster abdichtete. Widerlich! Lena schaute schnell weg.

»Stimmt«, Lilli hatte von ihren Gedanken nichts bemerkt. »Könntest du noch was fürs Essen tun? Papa meinte, das Essen im Zug sei immer ganz fürchterlich und man müsse schon einen gesunden Magen haben, um das zu überstehen. Deshalb hab ich zwanzig belegte Brötchen und fünfzig Butterbrezeln dabei. Damit ich nicht verhungere. Ich habe aber null Lust auf pampige Brötchen.«

»Kein Problem. Hab gestern schon eine Notiz dazu gemacht. Guck mal hier. Oder hast du konkrete Wünsche?«

Und ob Lilli die hatte! Lenas Wunderstift flog nur so über die Zeilen. Die Bordküche würde eine ganze Menge zu tun bekommen: Nudeln mit leckeren Soßen, Aufläufe, Salate in allen Variationen und frisches Kartoffelpüree mit Würstchen, weil nämlich bald Mittagszeit war und Lilli genau darauf Lust hatte. Und auch Goethe würde sein Schicksal nun leichter ertragen, denn schnell fügte Lena noch ein paar besänftigende Worte für ihn hinzu.

Kapitel 4

Ratarataratarataratarata«, ahmte Mini-Furie die Zuggeräusche nach. Dazu hing sie halb über der Lehne des vorderen Sitzes, stierte auf Lenas iPod, und wenn sie das »T« besonders hart aussprach, spritzte Spucke durch ihre Zahnlücke. Monsterkid hatte beschlossen, nicht mehr von ihrer Seite zu weichen, und hing über der Lehne des Nebensitzes. Mini-Furies lange Haarsträhnen, die nach ungewaschenem Kind und Kaugummi rochen, baumelten bis auf Lenas Knie und klebten abwechselnd am iPod, am Sitz oder an Lena selbst fest. Wahrscheinlich würden Monsterkid und Mini-Furie später heiraten und eine neuzeitliche Version von Bonnie & Clyde abgeben. Und sie würden ganz schreckliche Monsterfurien-Kinder bekommen.

Lena schaltete entnervt den iPod aus. »So geht das nicht, ich kann mich nicht konzentrieren, wenn ihr mir aufs Display spuckt und ich fremde Haare im Gesicht habe.« Maulend verzogen sich die beiden. »Doofe Lena, blöde Lilli«, hörte man sie schimpfen. Lena ließ das kalt. Alle, na ja fast alle Schimpfwörter der Welt würde sie in Kauf nehmen, um Ruhe vor den beiden zu haben.

»Hast du nicht geschrieben, die Kleinen würden sich selbst beschäftigen?«, fragte Lilli.

»Schon, aber ich glaube, das Buch hat die wirklich Kleinen gemeint, die beiden sind wohl nicht mehr klein genug.«

Tatsächlich saß eine unglückliche Frau Franke inmitten auffällig braver Kinder, die Ausmalbilder verschönerten, mit Kopfhörer und CD-Player Conny-Geschichten hörten oder einfach stumm aus dem Fenster starrten und sämtliche Animationsversuche ignorierten. Erleichtert sprang Frau Franke nach einem Blick auf die Uhr auf und jubilierte »Kinder, es ist Zeit für einen kleinen Imbiss. Kommt, im Bordrestaurant sind Plätze für uns reserviert.«

Was konnte sie dafür, dass die Kleinen binnen zweier Sekunden spurlos verschwunden waren? Drei in Fahrtrichtung, wo auch der Speisewagen zu finden war, und der Rest nach hinten, weil man da plötzlich großen Radau hören konnte und das natürlich spannender war als ein kleiner Imbiss.

Ursache des Radaus war Goethe. Besser gesagt, ein Koffer, den ein unaufmerksamer Fahrgast einfach auf ihm abgestellt hatte. Aber Goethe wollte kein Gepäckstück auf sich dulden und war knurrend aufgesprungen. Seine Schlafnische würde er verteidigen bis zum letzten Zahn. Knurren konnte er schließlich trotz des Maulkorbs und einschüchternd groß war er auch. Um noch größer zu wirken, stellte er seine strubbeligen Nackenhaare auf, darin war er ziemlich gut.

»Aaah!«, schnappte eine entsetzte Stimme, als Rollkoffer und Tasche nach oben geschleudert wurden und eine riesige Bestie darunter zum Vorschein kam. »Hilfe!«, erklang die Stimme nochmals erstickt, doch da war Lena schon zu Stelle.

»Er hat sich nur erschrocken«, beschwichtigte sie die Dame, die auf einen freien Platz gesunken war und sich schützend ihre Handtasche an die Brust presste.

»Ich vielleicht nicht? Was ist das für ein Ungetüm? Ist das überhaupt erlaubt hier? Das ist doch ein Abstellplatz für Koffer und kein Tiergehege!«

»Er hat einen Maulkorb und ist angeleint.« Lena versuchte, Goethe zu befreien, der zwischen Koffer und Reisetasche eingekeilt war. Die Dinger waren teuflisch schwer und sperrig und bewegten sich keinen Zentimeter. Koffer brachten ihm eindeutig kein Glück.

»Lass mich mal.« Lange Arme griffen über Lena hinweg und hoben zuerst den Koffer, dann die Reisetasche aus der Nische heraus, während Goethe unglücklich hin und her wieselte. Die Arme steckten in karierten Ärmeln und gehörten zu Lucas, dem Maxi-Ass, da brauchte Lena gar nicht genauer hinzuschauen. Schnell schnappte sich die Dame ihr Gepäck und machte sich kopfschüttelnd auf die Suche nach einem anderen, weniger gefährlichen Waggon.

»Danke«, murmelte Lena verlegen und erlöste mit heißen Wangen und klopfendem Herzen den verhedderten Goethe aus seiner Misere, doch das Maxi-Ass hatte sich schon wieder abgewandt und verpackte die

Gitarre. Komischer Kerl. Und komisch, die Sache mit dem klopfenden Herzen. So etwas kannte sie gar nicht von sich.

»Der sieht so lieb aus.« Aha, das Mini-Ass hatte sich neben sie gehockt und blinzelte Goethe direkt ins Gesicht. Nase an Nase und Auge in Auge. Goethe schien zu gefallen, was er da sah und erschnupperte. Als Zeichen seiner Zuneigung zog er seine Zunge über das Gesicht des Mini-Asses, sein Schwanz fegte den Boden, sein Hintern rutschte begeistert hin und her und jetzt gab er auch noch Pfötchen, der Schleimer.

»Ich will auch einen Hund.« Das Mini-Ass nahm Goethes Pfote höflich an. »Aber Papa ist allergisch. Deshalb haben wir Vögel. Wellensittiche.«

»Wir wollten alle schon mal einen Hund und haben nie einen gekriegt. Vielleicht bekomm ich zum Geburtstag einen Papagei. Von Oma. Hat sie zumindest angedeutet, sie meinte, der passt zu mir und weil wir doch jetzt umziehen und keine Freunde mehr haben«, informierte sie Midi-Ass ausführlich, der noch immer über sein Spiel gebeugt war, sich aber keinen Ton hatte entgehen lassen.

»Vergiss es«, kommentierte Lucas trocken, der seine Gitarre verstaut hatte.

»Darf er mit zum Essen?«, fragte Mini-Ass. Mist, Lena hatte schon seinen Namen vergessen, wie hieß er doch gleich? Thomas?

»Ich kann ihn ja schlecht hier alleine lassen, nach der

Aktion gerade. Und wer weiß, nachher will ihn noch jemand klauen.«

»Darf ich ihn an der Leine führen?«

Lena zögerte kurz. Sprach nichts dagegen, oder?

»Klar. Wenn er zu sehr zieht, gib ihm einfach einen kräftigen Ruck mit der Leine, dann geht er wieder Fuß.«

Stolz führte das Mini-Ass, gefolgt von der endlich versammelten Reisegruppe, Goethe in den Speisewagen, wo sie zu Frau Frankes grenzenlosem Erstaunen tatsächlich ein wunderbares Menü erwartete.

Während sich die Kleinen mit Erbsen beschmissen und die Fischstäbchen in Limo schwimmen ließen, gab Lena Hannah einen ersten Bericht per SMS durch. Das musste genügen, bis sie sich ihren Internet-Zugang bei Tante Pi gesichert hatte. Dem Himmel sei Dank war man heutzutage nicht mehr auf Postkarten angewiesen. Obwohl sie sich jedes Mal freute, wenn sie eine Karte bekam – außer von Papa, der von allen Orten der Welt immer nur dasselbe schrieb. Wirklich, immer genau dieselben Worte. Die letzte Karte war von Island gekommen, wo Pas Firma auch eine untergehende Tochtergesellschaft hatte, und selbst da hatte »Das Wetter ist schön, es ist warm und sonnig, das Hotel ist ganz wunderbar« auf der Karte gestanden.

Für Hannah würde sie jedenfalls eine ganz besonders schöne Postkarte aussuchen, das hatte sie sich fest vorgenommen.

Lena: Sitzen im Zug. Legendäres Essen. Cola ohne Ende. Nervige Kids. Sogar drei größere Jungs dabei, das sind die »Asse«, lG Lena.

Als Lena fast mit ihrem dritten Dessert fertig war, schnurrte ihr Handy. Aha, Antwort von Hannah.

Hannah: Hab noch mal geschlafen. Genieße Ferien. Was macht Goethe?

Lena: Ist brav und hält sich tapfer. Hat Mini-Ass als Freund und Tröster gefunden.

Hannah: Gib ihm einen Klaps von mir und halt die Ohren steif!

»Und, langweilt sie sich schon?«, fragte Lilli, die ebenfalls mit ihrer dritten Eisportion kämpfte.

»Nein, sie schläft und lacht sich über uns kaputt.«

»Wie fies ist das denn!«

»Eben. Komm, wir bestellen noch ein Dessert, ja?«, meinte Lena mit einem amüsierten Blick auf Frau Franke, die angesichts der hemmungslosen Fress- und Bestellsucht ihrer Schützlinge langsam nervös wurde. Aber weil sich bisher noch niemand beschwert hatte, ließ sie sie gewähren. Wer aß, war immerhin beschäftigt und machte keinen schlimmeren Blödsinn, als mit dem Essen herumzumatschen.

Wenn sie allerdings bedacht hätte, dass zu viel Mittagessen, gemischt mit Eis, Pudding und Limo, in den Bäuchen der Kinder ebenfalls Blödsinn anrichten würde, hätte sie die Orgie frühzeitig beendet. So kam es, dass sie die nächste Stunde, unterstützt von einer besorgten Reinigungskraft, damit beschäftigt war, den Kindern Spucktüten vor die Gesichter zu halten, Sitze zu reinigen und Tücher auf dem Boden auszubreiten. Lena und Lilli saßen inzwischen hinten bei den drei Assen und Goethe, weil der Gestank und das Gejammer in der Nähe der Kids nicht auszuhalten waren. Sie hatten allesamt die Musik so laut aufgedreht, dass ihnen fast die Stöpsel aus den Ohren flogen, und hielten sich Erfrischungstücher vor die Nasen, die sie von einem Bahnbeamten gegen den Gestank bekommen hatten. Es war so schlimm geworden, dass ihnen Frau Franke sogar leidtat und sie ihre Hilfe angeboten hatten. Schließlich hatten sie Erfahrungen mit kleinen Kindern und das hier war ja ein Notfall, da hätten sie auch ohne Bezahlung . . . Doch aufgrund irgendwelcher komischer Vorschriften durften sich Lilli und Lena nicht mit der Spucke anderer Kinder besudeln und ehrlich, so ganz unrecht war ihnen das nicht. Immerhin hatte die Gruppe jetzt den ganzen Waggon für sich und konnte sich ungehindert ausbreiten.

»Ist irgendwie nach hinten losgegangen mit dem Essenwünschen in deinem Buch, oder?«

»Wieso, war doch spitze! Und die Toiletten sind auch sauber. Na ja, zumindest waren sie das bis eben.«

»Ja, aber dass die Kleinen jetzt spucken ohne Ende ist nicht in Ordnung.«

»Meinst du, ich soll was dagegen tun?«

»Sie leiden zu lassen, wäre ziemlich fies, meinst du nicht? Andererseits haben wir jetzt schön unsere Ruhe, genau wie wir es wollten.«

»Nein, du hast recht. Wir lassen sie mal schnell wieder gesund werden. Sonst bricht die Franke noch zusammen, schau, sie hat schon hektische Flecken im Gesicht.«

»Nachher macht man sie verantwortlich.«

Schnell kramte Lena ihr Buch hervor: »Die Kinder erholen sich blitzschnell, übergeben sich nicht mehr und fühlen sich wieder pudelwohl. Frau Franke bekommt keinen Ärger wegen des Essens. Aber in Ruhe lassen sie uns trotzdem.«

Schlagartig senkte sich stiller Frieden über die geplagte Gruppe wie ein federleichtes Seidentuch. Einen kurzen Augenblick stand Frau Franke noch verloren inmitten ihrer Spucktüten und feuchten Lappen, doch allmählich begriff sie, dass das Schlimmste ausgestanden war, und kurz darauf tönte »Alle Vögel fliegen hoch« durch den Waggon.

Nur Midi-Ass störte ein wenig, weil er die Ereignisse auf dem Display seiner Konsole laufend kommentierte wie ein Radio-Reporter ein faszinierendes Fußballspiel. Ohne Punkt und Komma.

»Kann man den nicht auch noch abstellen?«, raunte Lena Lilli zu. »So laut lässt sich mein iPod gar nicht stellen, dass ich den nicht mehr hören muss.«

»Vor allem hält er sich kein Tuch vor die Nase. Macht

dem der Gestank nichts aus?«, flüsterte Lilli hinter vorgehaltenem Frischetuch.

»Vielleicht wohnen sie neben der Kläranlage und sind Mief gewohnt«, lästerte Lena.

»Sie ziehen doch um, hat einer gesagt. Du musst unbedingt diesen unsäglichen Geruch wegschreiben, Lena.«

»Vom Klärschlamm?«, kicherte Lena, machte aber brav eine Notiz zum Thema Luftverschmutzung in ihrem Zugwaggon.

»Jetzt guck dir lieber mal die an«, Lilli zeigte auf Goethe und Mini-Ass, der Tobias hieß, wie Lena wieder eingefallen war. Er schwitzte fürchterlich, sein Gesicht war heiß und rot, verkrampft hielt er sich ein Buch vor die Nase und wagte kaum zu atmen und trotzdem lag ein seliger Ausdruck auf seinem Gesicht – das lag an Goethe, der sich quer über einen Sitz und Tobias Schoß ausgebreitet hatte und die Situation hörbar mit lautem Schnarchen genoss.

Kapitel 5

Endlich. »Meine Damen, wir erreichen in wenigen Minuten Wilhelmshaven, bitte nehmen Sie sich komplett mit, vergessen Sie keine Beine oder Köpfe, keine Scheine oder Knöpfe. Wir wünschen Ihnen noch einen schönen Sonnentag und hoffen, Sie bald wieder an Bord unseres Okzident-Expresses begrüßen zu dürfen.«

Lena grinste. Obwohl sie sich schon ganz matt fühlte nach der langen Reise, mochte sie den lustigen Zugbegleiter ausnehmend gerne. Nachdem Frau Franke sie persönlich zum richtigen Zug nach Wilhelmshaven gebracht hatte, wollte sie nicht weichen, bis Lena und Lilli unter Aufsicht eines Zugbegleiters gesetzt worden waren. »Wir werden behandelt wie Gefangene«, hatte Lena protestiert, doch Frau Frankes schlechtes Gewissen – immerhin hatte sie sich die gesamte Zugfahrt kaum um die Mädchen gekümmert – war so stark gewesen, dass jeder Widerspruch zwecklos war. Dieser Zugbegleiter hatte sich tatsächlich bereit erklärt, ab und zu nach den Mädchen zu schauen und dafür zu sorgen, dass die beiden auch wirklich an der richtigen Station ausstiegen. Es war die Endstation, also echt! Anfangs saßen die beiden Freundinnen vor Wut brodelnd und kochend auf ihren Plätzen, doch der Mann hatte sich als so verständnisvoll und witzig erwiesen, dass sie es jetzt fast bedauerten, den Zug verlassen zu müssen. Aber es wartete ja Tante Pi auf sie.

»Wie erkenne ich eigentlich deine Tante?«, fragte Lilli, nachdem sie sich von ihrem Zugbegleiter getrennt hatten.

»Oh, das ist nicht so schwierig. Sie ist einmalig, du wirst schon sehen.«

»Hat sie eine Blume im Haar oder so?«

»Nein, das nicht. Aber sie trägt immer ein pinkfarbenes Kleidungsstück, danach kannst du schauen. Wenn sie nicht schon so steinalt wäre, würde sie sich ganz in Pink kleiden, hat sie mir mal erzählt.« Lena grinste frech. »Aber als ich letztes Jahr bei ihr zu Besuch war, habe ich gesehen, dass sie ganz viel pinkfarbene Unterwäsche hat.«

»Ohne Worte!«, stöhnte Lilli entzückt. »Sag mal, ist sie das?«

Mit wehenden Kleidern kam eine Frau auf sie zugesegelt. Zweifellos Tante Pi. In höchster Eile, klar, Lena hatte sie ja mit ihrem Buch zur Pünktlichkeit gezwungen, was nicht gerade ihre berühmteste Eigenschaft war. Ihre Jeans steckten in moosgrünen Gummistiefeln, die ihr einen Gang verliehen, als müsse sie durch tiefen Matsch waten. Dabei war das Wetter traumhaft! Dazu trug sie einen weiten Strickmantel, einen Schal mit rosafarbenen Punkten und ein passendes Stirnband, das die grauen Kraushaare nach hinten hielt, gleichzeitig aber dafür sorgte, dass sie nach allen Seiten abstanden wie die Zotteln eines altersschwachen Mähnenwolfes.

»Juhuuu, ihr Lieben, ich bin ein Pixelchen zu spät dran, hoffentlich verzeiht ihr mir!«, rief sie, als sie noch mindestens einhundert Meter entfernt war.

»Pixelchen?«, grinste Lilli.

»Äh, Tante Pi ist eben ein Pixelchen besonders, aber total lieb, wirklich.«

»Lena, *piccina,* mein Lieblingspatenkind, wie schön, dass ihr es geschafft habt. Ach, ich freu mich eine dreifache Pirouette, wirklich. Entschuldigt, dass ihr warten musstet.« Sie schnappte sich Lena, presste sie in ihren Wollmantel, wodurch Lenas Antwort irgendwo in den dicken, selbst gestrickten Maschen hängen blieb. Lilli gab artig die Hand und meinte: »Das ist doch piepegal, ich freue mich riesig, dass ich mitkommen durfte, danke.«

»Piepegal!«, rief Tante Pi begeistert. »Was bist du für ein piekfeines Mädel! Willkommen! Nun sind wir aber genug hier herumgestanden. Meine Güte, Goethe, du bist wirklich kein Pinscher. Lenchen, was hast du dir da für ein Prachtexemplar angeschafft, absolut *picobello!«* Sie klopfte ihm kräftig die Seiten und erntete zum Dank einen kräftigen Stups zwischen die Knie. Nur der Maulkorb verhinderte einen gnadenlosen Schlabberkuss, der nach Goethes Meinung eine Begrüßung perfekt machte. »Huch, du Frecher, das macht man aber nicht. Nun kommt mal schnell, ich habe etwas pikant geparkt und wir haben ja noch viel vor heute. Oder braucht ihr eine Pinkelpause nach der langen Bahnfahrt? Nein, lieber nicht, lasst uns schnell losbrausen.«

Sie schnappte sich die beiden Rollkoffer der Mädchen und lotste sie geschickt durch den kleinen Bahnhof. Treppe rauf, Treppe runter, quer über einen Platz und ...

»Was ist das denn, Tante Pi?«, fragte Lena, als sie vor einem pinkfarbenen Monstrum haltmachten. Das hieß, haltmachten sie vor Tante Pis Pick-up, einem überdimensionalen Fahrzeug, mit dem sie nicht nur quer durch die Wüste fahren oder Tonnen von Gepäck befördern konnte, sondern auch regelmäßig ihr Segelboot durch ganz Europa schipperte. Jetzt allerdings hing ein Ei-ähnlicher Anhänger an dem Wagen, der ein wenig aussah, als hätte jemand Barbies Campingwagen auf Lebensgröße aufgeblasen. Es war jedenfalls das scheußlichste, auffälligste und peinlichste Gefährt, das sich Lena vorstellen konnte.

»Tatatataaaa! Meine neueste Errungenschaft und mein ganzer Stolz. Habe ich selbst lackiert, hübsch, nicht? Es ist ein Mini-Wohnwagen.« Mit einer großen Geste präsentierte sie das Mobil. Sie war wirklich stolz, das sah man auf fünfhundert Schritte.

Lena und Lilli wechselten einen schnellen Blick. Erstens: Was hieß hier Wohnwagen? Zweitens: Mit einem pinkfarbenen Schweinswalbaby durch die Lande zu fahren, das war, nun ja, wenn nicht lebensgefährlich, dann zumindest bedenklich. Drittens: Sie konnten sich unmöglich ihr Entsetzen anmerken lassen, ohne Tante Pi tödlich zu beleidigen.

»Tante Pi«, fing Lena zögernd an, »wofür denn ein Wohnwagen, ich dachte wir fahren zu dir nach Hause?«

Das Gesicht ihrer Tante zeigte plötzlich harte Züge, die gar nicht zu ihr passen wollten. »Nun«, begann sie, machte eine Pause, als wollte sie weiter ausholen, sagte aber dann nur kurz und bündig: »Nein.«

»Was nein?«

»Nein, wir fahren nicht zu mir nach Hause. Wir fahren auf einen Campingplatz. Was sollen wir zu Hause die Möbel bewachen, wir wollen doch etwas erleben!«

»Waaaaas?«, riefen Lena und Lilli entsetzt wie aus einem Munde. »Warum das denn?«

Tante Pi druckste herum wie Lena, wenn sie Vokabeln abgefragt wurde und vergessen hatte zu lernen. »Tja, das ist ein bisschen, nun, ein wenig pikant, also pittoresk ... Nun, Pino und ich, wir brauchen mal ein Päuschen, ja, so ist das. Ein bisschen Abstand, ihr versteht?« Und sie fing an, umständlich die Koffer auf den Pick-up zu heben.

»Was?«, rief Lena, dieses Mal alleine. »Aber das geht doch nicht, ich dachte immer, Onkel Pino kann keine zwei Sekunden ohne dich überleben? Habt ihr euch gestritten?« Sie verstand das ganz und gar nicht.

»Aber *piccina,* wir streiten doch nicht, wir sind erwachsen«, keuchte Tante Pi unter der Last eines Koffers.

Onkel Pino war Tante Pis Lebensglück, wie sie ihn gerne nannte. Nun ja, bisher jedenfalls. Nach einer kurzen und missratenen Ehe mit einem Piloten, jahrelangem Single-Dasein und intensiver Suche war sie eines Tages in eine Pizzeria in Pisa gestolpert und hatte Pino Pirocchini kennengelernt. Klar, dass sie ein Paar wurden, und klar, dass Pino keine Wahl hatte und Tante Pi an die Nordsee folgen musste. Seitdem waren die beiden unzertrennlich. Pino führte eine eigene Pizzeria und Tante Pi lebte ihr chaotisches Leben zwischen einem riesigen Obstbaumgarten, Segelausflügen, Umweltschutzkampagnen und ihrer Arbeit als Heilpraktikerin.

Auf Lenas Frage, warum sie denn nicht auch Pilotin, Pizzabäckerin oder wenigstens Piercerin geworden war, hatte sie gelacht und gemeint: »Ach Lena, mein Pi-Spleen ist doch nur eine Macke, eine Marotte. Man kann sein Leben nicht nach zwei Buchstaben ausrichten, nur weil die eigenen Eltern sich im Namen vergriffen haben. Außerdem bin ich auch Philosophin, das ist ziemlich nahe dran.« Lenas Einwand, dass Tante Pi doch ihre Männer ebenfalls nach den Namen und Berufen aussuchte, hatte sie vom Tisch gewischt: »Zufälle, nichts als Zufälle. Wenn mein Traummann Reinigungsfachkraft gewesen wäre oder Professor für zukunftsweisende Energien, auch recht.« Verständlich, dass bei Lena so ein klitzekleiner Zweifel übrig geblieben war, oder? Entsprechend mochte sie es jetzt gar nicht glauben, dass Tante Pi und Pino ein ernsthaftes Problem hatten. Und ehrlich, sie hatte genug von Erwachsenen mit Beziehungsproblemen. Ihre Eltern, Hannahs Mutter, der Banker, nein, Lenas Bedarf an solchem Liebeskram war gedeckt.

»Nicht schon wieder Liebeskrisen«, flüsterte Lilli Lena zu und verdrehte die Augen. Kein Wunder, dass sie das Gleiche dachte, immerhin war sie über sämtliche Erwachsenenkrisen bestens informiert.

»Nein, bloß nicht«, flüsterte Lena zurück.

Inzwischen war Tante Pi mit dem Gepäckverstauen fertig und prüfte die Ladung. Unmengen an Koffern und Taschen türmten sich auf der Ladefläche, so hoch, dass Lenas und Lillis Trolleys, die jetzt noch dazugekommen waren, kaum auffielen. Offensichtlich plante Tante Pi eine mehrmonatige Weltreise.

»Gut, dass heute so ein schöner Tag ist, dann brauchen wir nichts abzudecken.« Ihr Blick fiel auf Goethe. »Sag mal, kannst du mit Lilli hinten sitzen? Oder mit Lena? Und wollen wir es dir nicht endlich gemütlich machen und den Maulkorb abnehmen, du Armer?« Umgehend machte sie sich an den Riemen zu schaffen und erntete böses Knurren wie alle, die es vor ihr versucht hatten.

»Lass mal, Tante Pi, er hat sich total ins Maulkorbtragen verschossen, da geht gar nichts. Ich setze mich nach hinten und überrede ihn, das Ding wieder abzunehmen.« Lena quetschte sich auf die kleine Rückbank des Pick-ups und zog Goethe neben sich. Ihren Rucksack mit dem Wunschbuch nahm sie auf den Schoß, damit sie gleich Goethes Befreiungssatz schreiben konnte: »Ab sofort lässt sich Goethe den Maulkorb ohne Probleme an- und ausziehen.« Einmal tief Luft holen, eine winzige Sekunde warten und schon konnte sie ihren tapferen Hund befreien, der sofort anfing, hungrig auf dem Lederstück herumzukauen.

»Wohin fahren wir eigentlich?«, erkundigte sie sich.

»Überraschung!«, flötete Tante Pi und zwinkerte ihr über den Rückspiegel verschwörerisch zu. Leider hatte Lena gar keine Lust auf Überraschungen. Nicht nach sieben Stunden Bahnfahrt, irgendwann war genug gereist.

»Ehrlich, Tante Pi, wir sind ziemlich fertig. Ein nettes Bett, ein gutes Fernsehprogramm und, sag mal, gibt es da ein Internet-Café? Ich muss dringend Hannah auf dem Laufenden halten.«

»Also, was bist du nur für eine piensige Pimpinelle. Schlapp wie die eigene Oma, oder was?«, spottete Tante Pi. »Ihr seid doch junge Dinger, da muss man so eine kleine Exkursion aushalten.«

»Öh . . . trotzdem. Müssen wir noch lange fahren?«

»So zwei Stündchen vielleicht? Keine Ahnung, tja und die Fähre, die sollten wir auch noch kriegen, sonst schlafen wir alle im Wohnwagen und fahren erst morgen weiter. Und dann müssen wir noch euer Zelt aufbauen. Ich dachte mir das so: Ich quetsche mich in den Wohnwagen und ihr beiden bekommt das bequeme Familienzelt mit zwei Zimmern, Flur, Fliegenschutz und doppelter Isolierungsschicht, auch wegen Goethe. Oder wollt ihr beide den Wohnwagen? Nun, wir werden sehen.« Fähre? Also Insel? Drei Personen plus Riesenhund in diesem Barbiewohnwagen? Heute noch ein Zelt aufbauen? Schnell griff Lena zu ihrem Buch und notierte: »Tante Pis Auto erreicht pünktlich den Hafen, die Fähre ist auch pünktlich und der Campingplatz ganz toll. Tante Pi findet sofort mindestens drei kräftige Männer, die uns beim Zeltaufbau helfen.«

Von Lilli kam kein Ton mehr. »Geht's dir gut?« Lena pulte ihrer stummen Freundin von hinten in den Nacken.

»Danke, alles bestens, ich guck mir nur die Landschaft an, hier war ich ja noch nie.« Lillis Stimme klang müde und schleppend und sie schloss mit einem herzhaften Gähnen.

Prompt begann Tante Pi mit einer ausführlichen Erläuterung der Gegend, einschließlich der wichtigsten geschichtlichen Rahmendaten. Leere breitete sich auf Lena und Lillis Gesichtern aus und sie machten es wie Goethe: Sie sackten in einen tiefen und ungemütlichen Schlaf.

Kapitel 6

Eigentlich hatten sie gute Lust, gleich weiterzuschlafen. Dabei legte gerade schaukelnd und ächzend das alte Gefährt an, das sie über das bisschen Meer geschippert hatte, und sie waren endlich auf der Insel angekommen – auf ihrer Insel für die nächsten zwei Wochen. Wenn es Lena so bedachte, war Tante Pis Idee doch gar nicht so schlecht gewesen. Na ja, mal sehen, was der Campingplatz hergab. Sie war sich mit Lilli einig, dass es da zu ganz vielen schlimmen »Geht-gar-Nicht« kommen konnte. Bierbäuchige Familienväter zum Beispiel, die bereits am dämmrigen Morgen die Strandkörbe zurechtrückten und die Sonnenschirme in den Sand rammten, als gälte es, eine ergiebige Goldmine abzustecken. Horden von Kleinkindern, die einen malträtierten, im Pool mit Wasser herumspritzten, hinterhältige Sandlöcher buddelten, einem die Sonne wegnahmen oder einfach nur so laut krakeelten, dass man das eigene Wort und seinen iPod nicht mehr verstand. Kreischende Omas, die sich aufführten, als wären sie ein Haufen junger Mädchen ... Lena hätte die Liste ewig erweitern können. Zum Beispiel um oberpeinliche Animationsprogramme. Lena konnte da auf eine ganze Palette zurückblicken, die sie in vielen

Club-Urlauben durchlitten hatte. Lilli hingegen war vor allem neugierig. Ihre Familie pflegte in abgelegene Ferienhäuschen zu fahren, die bevorzugt in den Tiefen Schwedens, an Teneriffas Steilküsten oder im korsischen Hinterland lagen, da gab es zwar wenig traumatisierende Erlebnisse, dafür aber ziemlich oft eintönige Familienausflüge.

Jetzt waren sie erst einmal völlig schlapp, weil die Sache mit der Fähre dann doch nicht so einfach gewesen war, wie es Lena vorgesehen hatte. Ganz wie gewünscht hatten sich zwar Auto und Fähre pünktlich an der Anlegestelle eingefunden. Das war's dann aber auch gewesen. Denn der brave Goethe hatte plötzlich festgestellt, dass er jetzt sofort, in diesem Augenblick und ohne Aufschub, einen Gulli brauchte. Kaum, dass Lena sich von ihrem Rücksitz geschält hatte, war er über sie hinweggesprungen, hatte eine rasche Orientierungsrunde um den Pick-up und die anderen wartenden Autos gedreht und war mit eingezogenem Schwanz verschwunden. Verschwunden im Sinne von weg, nicht mehr auffindbar, verschollen, unsichtbar. Nachdem Lena und Lilli den gesamten Hafen, die umliegenden Restaurants und kleinen Lädchen abgesucht hatten, waren sie auf eine empörte Kioskbesitzerin gestoßen, die mit einem Wasserschlauch einen Hundehaufen-geschmückten Gulli direkt vor ihrem Tresen bearbeitete.

»Dieses Mistvieh«, hatte sie gewettert und so heftig

mit dem Schlauch gefuchtelt, dass Lena und Lilli nur um Haaresbreite einer Gratis-Freiluftdusche entkommen waren. »Hockt sich hier direkt vor meinem Kiosk hin und macht sein Geschäft. Hat mir auf einen Schlag fünf Kunden vergrault. Na, dem hab ich aber eins hintendrauf gegeben auf seinen Scheißhintern, dem Köter. Wenn ich den erwische, geht's ins Tierheim!« Lena hielt es für besser, ihr nicht zu erklären, dass es vermutlich ihr Hund gewesen war. Erst außer Hörweite begann sie, ihn wieder zu rufen und zu locken. Vergebens. Kein Goethe. Irgendwann gaben sie die Suche auf und konnten nur noch traurig zusehen, wie die wartenden Autos eines nach dem anderen auf der Ladefläche der Fähre verstaut wurden. Schließlich stand nur noch der Pick-up an der Anlegestelle.

Der freundliche Fährmann hatte sie aufgefordert, sich zu beeilen, doch sie hatten nur frustriert abgewunken und beobachtet, wie die Rampe eingefahren wurde und die Fähre langsam mit höllischem Lärm und Gestank davontuckerte. Wie es Goethe geschafft hatte, sich unbemerkt unter dem Pick-up in Sicherheit zu bringen und sich dort zu verstecken, und warum niemand auf die Idee gekommen war, mal da nachzusehen? Nun, Lena konnte es sich nicht erklären. Jedenfalls waren sie irgendwie doch noch auf die Insel gekommen. Wegen einer der hundert restlichen Stullen, die Lilli schon den ganzen Tag mit sich herumgeschleppt hatte und die sie unauffällig im Mülleimer hatte entsorgen wollen, woraufhin Goethe wie der Blitz unter dem Pick-up hervorgeschossen war, sich die Tüte geschnappt hatte und schnell wieder unter seinem neuen Zuhause verschwunden war. Und wegen Tante Pi, die so lange mit einem alten Bootsmann geschäkert hatte, bis der sich als Besitzer einer Minifähre zu erkennen gab, die bequem den gesamten Pick-up plus pinkfarbenes Walbaby plus Mädels und Hund auf die Insel fahren konnte. Er war so sehr im Netz ihres Charmes gefangen gewesen, dass er sogar ohne Bezahlung gefahren wäre, aber das hatte Tante Pi dann doch nicht zulassen wollen und ihn fürstlich entlohnt. Er würde sie bis an sein Lebensende zutiefst verehren.

Eben klappte die Rampe des alten Kutters hoch. Der Seemann, ganz wie aus dem Bilderbuch mit Seemannsmütze und einem dicken, qualmenden Stumpen und fehlerhaften gelben Zähnen im Mund, grinste schräg, winkte heftig und stieß rückwärts aus dem Hafen hinaus. Lena und Lilli hockten auf einer Fischereikiste wie zwei alte, verhuschte Möwen, die auf die nächste Ladung Fisch warteten. Tante Pi zückte die Kamera. »Bitte jetzt wie zwei Lachmöwen gucken, ja? Lachen, jawohl!« Sie knipste unbarmherzig, obwohl sich Lena und Lilli eher wie platt getretene Flundern als wie Lachmöwen fühlten. Daran änderte auch Goethe nichts, obwohl er seit seinem Intermezzo unter dem Auto regelrecht durchgeknallt war. Nicht wiederzuerkennen. Momentan versuchte er, Möwen zu fangen.

Sprang hin und her, als wäre er ein Welpe und kein würdiger Hundeherr im besten Alter. Vielleicht lag es auch daran, dass er die Energie von fünf liebevoll gestrichenen Stullen in sich trug, die wieder aus ihm herausdrängte. Jetzt allerdings hatte er sich eine algige Boje gemopst, die er heftig hin und her schüttelte, und damit hatte der Spaß ein Ende. »Aus, Schluss jetzt«, rief Lena, zu schwach, um sich zu erheben.

»Los, los, wir haben was zu tun, Mädels«, scheuchte Tante Pi sie gnadenlos von ihren Kisten. »Es sind zwar nur noch ein paar Meter zum Campingplatz, aber dann beginnt erst die eigentliche Arbeit.«

»Oh, Tante Pi, du bist eine Sklaventreiberin«, jammerte Lena.

»Nix da, wartet erst einmal, bis ich euch mit den Zeltstangen um den Platz getrieben habe.« Kreischend sprangen Lilli und Lena auf, direkt hinein in den Pickup, gefolgt von Goethe, der das für ein neues lustiges Spiel hielt und mit vollem Schwung auf Lillis Schoß landete.

»Umpf«, machte sie nur erschrocken, dann »iiiiii«, als ihr Goethe seine feuchte Zunge über das Gesicht zog, als wollte er sich bei ihr entschuldigen. Er roch bestimmt noch nach Algen. Lena lachte sich auf ihrem sicheren Rücksitz kaputt.

»Ha, jetzt spürst du das volle Gewicht deiner Stullen.«

»Oh, Mann, Goethe bekommt zwei Wochen eiserne

Diät verordnet, der wiegt ja mehr als ein Elefantenbaby. Und er stinkt wie ein alter Kutter.«

Gut, dass Goethe mit Lilli kuschelte, fand Lena. So konnte sie schnell die notwendigen Eintragungen in ihr Wunschbuch machen. Viel war ihr eingefallen: Sie musste einen erstklassigen Standort direkt am Strand sichern, sie musste dafür sorgen, dass nicht irgendwelche popeligen Superspießer ihre Nachbarn waren, sondern hippe Jugendliche und das Wetter – besser noch einmal erwähnen. Genau so wie heute sollte es die restlichen zwei Wochen sein. Wolkenlos, eine leichte Brise und schön heiß. Und vielleicht einen kleinen Hundefreund für Goethe, der hatte auch Abwechslung verdient, und natürlich ein erstklassiges Programm, eben nichts Peinliches, einen gepflegten Pool zum Beispiel. Lena kaute schon wieder auf dem Klebeband des Stiftes herum. Sie war sich nicht schlüssig, ob es schlau war, viele nette Kids und Teenies herbeizuschreiben. Es wäre auch schön gewesen, Lilli mal nur für sich zu haben. Andererseits brachte eine größere Gruppe eindeutig mehr Spaß. Sie beschloss, erst einmal abzuwarten, wer ihre Nachbarn sein würden, und nur im bitteren Ernstfall einzugreifen.

»Ach, wie süß, ist das das Tagebuch von letztem Jahr, *piccina?*«, lachte Tante Pi erfreut, als sie in den Rückspiegel sah. »Ich freue mich, dass du es eifrig benutzt, *picobello* ist das.« Doch bevor Lena eine Antwort geben musste, rumpelten sie durch einen großen Torbogen, der den Eingang des Campingplatzes darstellte, und Tante Pi verschwand im Empfang, der weniger an einen Campingplatz als an ein Luxushotel erinnerte. Schnell nutzte Lena die Zeit, um noch eine SMS an Hannah zu tippen:

Lena: Sind da. Gespannt, wer noch, Wetter ein Traum, insgesamt Höllentrip, LG Lena.

»Nummer 743«, murmelte Tante Pi und entfaltete den Lageplan des Campingplatzes. »Oh, Kinder, was ein Glück, das ist ganz vorne am Wasser, los, los, Endspurt.«

Klar war der Platz vorne am Wasser, hätte Lena beinahe gesagt, hab ich uns ja so gewünscht, doch natürlich hielt sie den Mund und grinste nur Lilli zu, die noch immer unter Goethe begraben auf dem Beifahrersitz saß. »Gott, ist mir heiß«, japste sie. »Kann mir endlich mal einer den Hund abnehmen?«

»Wir sind gleich da, nur noch den Weg lang, bis ans Wasser und fertig«, jubelte Tante Pi. Das Gespann rumpelte über eine ausgefahrene Asphaltstraße, die durch ein Gewirr von Wohnwagen und Zelten, ab und zu an offenen Plätzen und einem riesigen Gemeinschaftsgebäude vorbeiführte, und die tatsächlich irgendwo im Meer zu enden schien.

»Komisch«, rätselte Tante Pi, »hier war doch eben Nummer 741, dann dürfte logischerweise 743 nicht weit sein.« Sie rätselten noch eine Weile, beschlossen dann, eine Erkundungsrunde zu fahren, befragten die Bewohner von Nummer 740, als das nichts fruchtete, und beschlossen – ihre Nerven waren so am Ende wie der Tag, der langsam zu dämmern begann –, dass genau hier vorne am Strand Stellplatz 743 sein musste.

»Ist das nicht ein bisschen nah am Wasser?«, meinte Lilli stirnrunzelnd. Alle anderen Zelte waren deutlich weiter in und hinter den Dünen aufgebaut oder lagen leicht erhöht.

»Aber nein, es ist ein erstklassiger Platz, *picobello,* damit kenne ich mich aus. Wir haben das Pik-Ass gezogen, wirklich.«

Zögernd machten sich Lilli und Lena an die Arbeit. Pick-up entladen, Zelt auspacken, Zeltstangen sortieren, Anleitung aufschlagen – und alles mit möglichst sparsamen Bewegungen. Die Reise hatte sie so erschöpft, dass sie nur noch im Super-Eco-Modus funktionierten.

»Ähm«, meinte Lena ratlos und drehte die Anleitung von links nach rechts. »Kapierst du, was die von uns wollen?« Lilli hielt prüfend eine Stange hoch, ließ sie wieder fallen, nahm die Plane und versuchte, sie zu entfalten. »Keine Ahnung. Was heißt hier Stange Nummer 3a? Wo ist 3b und wofür braucht man diesen komischen Haken hier?«

»Das ist ein Hering, den brauchen wir erst am Schluss.« Lena schnappte sich die Zeltplane und schüttelte sie in der Hoffnung, dass sie sich von selbst in die richtige Position bringen würde. Goethe fand das spitze. Er machte einen riesigen Satz mitten ins Zentrum des rauschenden Stoffes, hopste auf und ab, sauste darunter durch, schnappte außer sich vor Freude nach den Seilen und verwickelte sich schließlich wild kläffend in Öffnungen und Taschen des Zeltes. Kurz, er benahm sich, als hätte er einen Zitteraal verschluckt.

»Schluss«, befahl Lena, »Schluss jetzt, Platz! Was bist du nur für ein Quatschkopf, anstatt uns hier zu helfen, bringst du alles durcheinander. Verschwinde jetzt, und zwar ganz weit weg, am besten dort hinten, ja?« Sie deutete auf einen Busch, der zerzaust und dornig im Sand steckte. Gekränkt zog Goethe davon und hoffte wohl, dass niemand das Seilende sah, das aus seinem Maul hing.

»Schnur her«, rief Lena, bevor er tatsächlich verschwunden war. Wenn man müde war, nur noch in den Schlafsack wollte und vor einem Knäuel anstelle eines Zeltes saß, dann durfte man schon ein bisschen herumschreien, fand sie. Schnell spuckte Goethe das schleimige Teil aus und verzog sich. Weit weg. Weiter als der Busch, auf den Lena gezeigt hatte. Irgendwo auf diesem Zeltplatz war sicher eine nette Familie, die einen lieben, einsamen Hund haben wollte.

»Tante Pi, kannst du uns nicht mal helfen?«, rief Lena genervt, aber ihre Tante war in ihrem Eierwagen verschwunden und schepperte eifrig mit Kisten und Kästen.

»Gleich, Schätzchen, ich muss nur diese pimpfige, pimpelige Kiste herausbekommen«, drang es dumpf aus dem Ei.

Hatte Lena nicht geschrieben, dass ihnen mindestens drei starke Männer helfen würden? Wo waren die eigentlich? Sie sah sich suchend um. Irgendetwas stimmte nicht mit ihrem Wunschbuch, dachte sie ärgerlich. Erst die Sache mit dem pünktlichen Zug am falschen Gleis, dann die Fähre, die ohne sie abgefahren war. Oder die Spuckanfälle der Kleinkinder im Zug. Und jetzt? Jetzt fehlten die starken Männer.

»Wer seid ihr denn? Gehört das euch?«, ertönte es mit hartem Akzent und meterlang gerolltem »R« aus Richtung Busch. Ein Mädchen stand vor ihnen, nicht älter als Lena und Lilli, und hielt Goethes Seil in die Höhe, von dem sich langsam ein dicker Schleimklumpen löste und in den Sand tropfte.

»Ihr braucht Hilfe«, meinte sie, nachdem sie ihnen kurz bei ihren verzweifelten Bemühungen zugeschaut hatte. »Ich heiße Irina«, rief sie noch, warf ihnen das Seil zu und verschwand wieder. Nur wenige Sekunden später und trotzdem im letzten Augenblick vor Lenas völligem Zusammenbruch erschien eine Fußballmannschaft. Nun ja, zumindest passte die Anzahl der Männer zu einer Fußballmannschaft. Deren Aussehen allerdings entsprach eher Lenas schlimmsten Zeltplatz-Albträumen: weite Blumen-Badeshorts, die tief unter dicken Bäuchen hingen, stämmige, haarige Beine, sonnenverbrannte Schultern, verknotete Tücher über den rasierten Glatzen, Zigaretten in der Hand oder im Mundwinkel und Badelatschen an den Füßen.

»Kein guter Platz«, bemerkte einer mit kantigem Gesicht und einem buschigen Oberlippenbart vom Typ »Walross«.

»Kommt bald Wasser«, stimmte einer mit besonders scheußlichen Shorts zu. »Welche Platznummer?«, kommandierte ein Dritter, der das »R« wie ein ausgedehntes Hundeknurren klingen ließ.

Bevor sich Tante Pi aus ihrem Ei geschält hatte und der Sache Einhalt gebieten konnte, schnappte sich der Arbeitertrupp den Lageplan, drehte ihn von links nach rechts und oben nach unten und kam zu folgendem Ergebnis: »Da hat euch einer mächtig reingelegt. Wir kommen seit zwanzig Jahren her und diese Nummer gibt es nicht. Hier jedenfalls könnt ihr nicht bleiben. Die Flut reicht euch heute Nacht bis an die Knie. Aber passt auf, dort drüben ist noch was frei. Ist zwar direkt neben der JuHe, aber dafür auch direkt am Strand. Wir klären das nachher für euch mit dem Boss, ja?«

»Was meint er mit Juchee?«, fragte Lilli leise. »Ist das was Schönes oder was Ansteckendes?«

»Ich glaube, er meint das dort drüben, ist wahrscheinlich eine Jugendherberge – oder eine Jugendhaftanstalt.« Sie zeigte auf ein Gebäudedurcheinander hinter einem hohen Zaun. So ganz entsprach das zwar nicht ihrem Wunsch nach hippen Nachbarn, aber spießig waren die Bewohner einer JuHe mit Sicherheit nicht.

Die Männermannschaft zog schon mit ihrem Zelt und den Stangen davon, während die hilfsbereite Irina sich die Anleitung schnappte und hinterhersprang.

Als Tante Pi endlich aus ihrem Wagen gekrochen kam, war der Spuk vorbei, das Zelt weg und ihr blieb nur noch übrig, alles Ausgepackte wieder auf den Pick-up zu werfen und mit durchdrehenden Reifen zum neuen Stellplatz zu fahren. »Das ist Piraterie!«, schimpfte sie. »Sie hätten ja wenigstens fragen können. Einfach unser Zelt entführen, also wirklich. Und was heißt hier, unseren Stellplatz gibt es nicht? Ich bekomm gleich Pickel. Ihr armen Mädchen! Wo ist der Hund?«

»Der findet uns bestimmt«, stellte Lena fest, als sie nur wenige Meter weiter in den Dünen ausstiegen und die Männer bestaunten, die mit dem Zeltaufbau bereits fast fertig waren und nur noch die Heringe einschlugen.

»Ach, unsere Helden! Das ist ja *picobello!*«, rief Tante Pi in einem plötzlichen Stimmungsumschwung. »Darf ich Sie zu einer Pina Colada einladen oder möchten Sie doch lieber ein Pier . . . äh, Bierchen?«

»Oh, ein Bier wäre recht nett«, meinte der mit dem Hammer. Ein anderer verknotete zwei Seile, hatte ein drittes im Mund und Lena hoffte nur, dass das nicht Goethes Beute gewesen war.

Die Sonne stand tief und der Helfertrupp hatte schon

die dritte Runde Bier in Arbeit, als Zelt und Wohnwagen endlich an ihrem Platz standen und halbwegs eingerichtet waren. Nach und nach waren die Ehefrauen der Männer und ein ganzer Haufen Kinder in Begleitung von Goethe eingetrudelt. »Der wollte am Pool einen Haufen machen«, erklärte eine kleine Dunkelhaarige empört und wies mit dem Zeigefinder auf Goethe. »Direkt ins Abflussgitter am Rand! Aber wir haben ihn weggezogen, sonst wäre die Polizei gekommen und hätte ihn verhaftet.«

»Oh, danke«, stammelte Lena. Es war höchste Zeit, sich Goethes Problem anzunehmen. Sie schnappte sich ihr Wunschbuch und platzierte Goethe einen wunderschönen Gulli direkt in die Dünen, weit genug entfernt, dass sich niemand belästigt fühlen würde, nah genug, um gelegentlich die Haufen mit einer gut gefüllten Wasserflasche wegspülen zu können, und vergaß nicht, ihm diesen Gulli als den einzig wahren ans Hundeherz zu legen.

Munteres Gelächter weckte sie am nächsten Morgen. Tante Pis Gelächter wohlgemerkt, unterbrochen von dem wohlklingenden »Hahaha« eines Mannes. Lena steckte den Kopf zum Zelteingang hinaus.

Vor dem Pink-Ei stand Tante Pi und unterhielt sich mit einem Hünen von Mann. Mittelalt, mittellange graue Haare, mittelsympathisch. Lena gähnte. Sie verstand nicht, wie Tante Pi am helllichten Morgen so gut gelaunt sein und so albern kichern konnte. Oh nein, da wurde sie schon entdeckt.

»Guten Morgen, Lenchen«, rief Tante Pi fröhlich. »Schau mal, das ist Piet, der macht hier das Sportangebot und hat uns den heutigen Plan gebracht. Er gibt Tennisstunden, macht Volleyball und Fußball und was sonst noch alles ansteht, und er meint, ich sollte mich unbedingt für Pilates eintragen.« Wieder kicherte sie in einer Weise, die ihrem Pino sicher gar nicht gefallen hätte. Und das helle Leuchten der Glitzersternchen in ihren Augen würde ihm auch nicht gefallen. Oder die Art, wie sie ihr wuscheliges Haar nach hinten strich. Schlagartig war Lena hellwach.

»Lilli, schnell, komm mal raus, das ist Piet und er unterrichtet Pilates!« Lillis zerzauster Kopf erschien neben ihrem, als sich Piet mit charmantem Kusshändchen verabschiedete. »Allerhöchste Alarmstufe pink!«, erkannte Lilli sofort.

»Dunkelpink«, stimmte Lena zu.

Während sie Frühstück zubereiteten und auf ihrem Gaskocher Tee und Kaffee kochten, dozierte Tante Pi aus dem heutigen Sportprogramm.

»Ihr meldet euch einfach überall an, ja?«, meinte sie schließlich überfordert. »Keine Ahnung, was für euch Mädels das Richtige ist. Surfen? Beachvolleyball? Disco-Dancing? Also, das ist verwirrend, wirklich. Ich werde Pilates und Tennis machen und mich ansonsten in der Sonne aalen. Hier, auf der Rückseite steht, dass es heute einen bunten Abend gibt, morgen Disco, dann Karaoke, Lagerfeuer und einen DJ-Wettbewerb. Und nächste Woche . . . Mädels, das wird anstrengend. Eigentlich wollte ich euch Fahrräder mieten, aber ich glaube, die brauchen wir gar nicht. So, und hier noch die Übersicht des Campingplatzes, die mir Piet gegeben hat. Unglaublich, es gibt wirklich keine 743, na so etwas. Dafür Eiscafé, Restaurant, Kiosk, Indoor-Spielhalle, Tischkicker, Badelandschaft und . . . ehrlich, so einen Spitzen-Campingplatz habt ihr noch nie gesehen!«

»Gibt es ein Internet-Café?«, fragte Lena mit vollem Mund. »Wegen Hannah, du weißt schon.«

»Ja, warte, hier ist ein PC-Zeichen bei der Eisdiele. Wir schauen später mal nach. Und nicht zu vergessen: Da ist der Hundestrand, überall sonst muss er an die Leine, Streuner werden sofort verhaftet.«

»Na, da hast du gestern aber Glück gehabt.« Lena kuschelte ihren Goethe ordentlich durch. Der war noch ein wenig durcheinander und wusste nicht so recht, wohin er sich aufräumen sollte. Kein Lena-Bett, kein Sofa und kein Balkon. Der einzig vertraute Ort war Lenas Schoß, auf dem er sich jetzt niederließ. Tröstend tätschelte sie ihm den Hals. Irgendwann würde er begreifen, dass ihr Schlafsack auch ein hübsches Plätzchen abgab.

Nach dem Frühstück beschlossen sie, erst einmal alles zu erkunden, den Witzbold ausfindig zu machen, der ihnen den falschen Stellplatz zugewiesen hatte, und ihm eines auf die Nase zu geben, danach Einkäufe zu erledigen und das Internet-Café zu suchen. Den Rest des Tages würden sie sich am Strand erholen. Für Party und Sport war später schließlich auch noch Zeit.

Kapitel 7

*D*as glaub ich jetzt nicht, sag mir, dass ich einen Sonnenstich habe und dringend zum Arzt muss.« Lena grabschte nach Lillis Hand, die sich die Sonne auf den Rücken knallen ließ. Natürlich mit Lichtschutzfaktor »Pi«, wie Tante Pi fröhlich verkündet hatte, als sie ihnen die dicke Paste auf dem Rücken verteilt hatte. Demonstrativ war der Lichtschutzfaktor mit Blümchen zugeklebt, damit auch ja niemand spicken konnte, dass es die 50+++-Flasche für Kleinkinder war. Lilli hielt hartnäckig der Sonne stand, während Lena sich bereits aufgesetzt hatte und überlegte, woher sie den Mut nehmen sollte, sich ins eiskalte Nordseewasser zu stürzen. Neben ihr hechelte Goethe mit seiner eingebauten Klima-Zungen-Schlabber-Anlage und schien nur auf ihr Signal zu einer ausgedehnten Wasserschlacht zu warten. Aber jetzt plagten sie dringendere Sorgen, denn das, oder eher gesagt die, die sie dort am Strand sah, die mussten einfach eine Fata Morgana sein. Zuerst hatte sie den rotblonden Haarschopf entdeckt und war stutzig geworden. Klar, die meisten Menschen erkannte man in Badeanzug oder Badehose nicht wieder, aber diese Haare waren einmalig, sie stachen aus der Menge heraus wie eine Distel inmitten eines Erdbeerbeetes.

Vor allem, wenn daneben noch ein dünnes Kerlchen mit blonden Locken und Engelsgesicht auftauchte und in sicherer Entfernung ein Großer, der seine dunklen Zotteln in Fußballspielerart mit einem roten Tuch nach hinten gebunden hatte. So einer, der normalerweise mit seiner Gitarre verwachsen war und der gar nicht so käsig weiß war wie all die anderen Neuankömmlinge oder seine Brüder, sondern aussah, als hätte er sein halbes Leben am Strand verbracht.

»Lilli, Mensch, jetzt wach doch mal auf, nun guck schon. Das ist ganz und gar unglaublich!«

»Nur keine Hektik«, maulte Lilli. »Ui, ist das heiß. Ich glaube, ich habe trotz Megaschutz einen Sonnenbrand.«

»Schau mal, wer hier ist, ich kann es nicht glauben.«

»Ein Promi? Hier am Strand? Wo?« Lilli richtete sich auf, zwinkerte geblendet, schob sich schnell die Sonnenbrille auf die Nase und folgte Lenas Blick. »Den Dicken mit dem Schwabbelbauch meinst du nicht, oder? Hehe, schau mal, der da drüben im Volleyballfeld, der verliert gleich seine Hose und der neben der Bar, der hat ...« Ihr Kichern verstummte, als ihr Blick mit einem eleganten Schwenk kurz über den Rotschopf und den blonden Lockenkopf streifte, dann wieder zurück, um an den beiden haften zu bleiben.

»Mensch, das sind ... das sind ... wow, die Asse! Mini- und Midi-Ass sind hier!«, stammelte sie und schob nach: »Und wo ist Maxi?«

»Dort drüben. In Dichter- und Denkerhaltung.«

»Lena, das ist ja schrecklich! Wie kommen die denn hierher? Sind die nicht in Bremen ausgestiegen und wollten sich mit einer tütteligen Oma treffen?«

»Jedenfalls sind sie jetzt hier und . . .« Lena wurde von Goethes Bellen unterbrochen, der plötzlich unter seinem Schirm hervorschoss, denselben halb über den Strand zerrte, weil seine Leine daran festgeknotet war, und sich mit freudigem Gebell auf das Mini-Ass stürzte, seinen neuen Freund – den er ja schon seit gestern nicht mehr gesehen hatte. Irgendwo unterwegs verlor er den Sonnenschirm, der vom Wind über den Strand getrieben wurde, und tatsächlich raffte sich Maxi-Ass auf, fing das sperrige Dingens ein, ging lässig zu den beiden Mädchen, die ihn sprachlos anstarrten, und rammte den Schirmstiel hinter ihnen in den Sand. Dann nickte er kurz, meinte ohne erkennbares Erstaunen: »Hi, ihr seid ja auch da«, und verschwand wieder so unverhofft, wie er aufgetaucht war.

»He, warte mal!«, rief Lilli noch, doch da war er schon außer Hörweite. Die rauschenden Wellen sowie die schreienden Kinder und Möwen verschluckten Lillis Ruf.

»Also, so einer«, stellte Lilli erstaunt fest. Und fügte nach einer kleinen Pause hinzu: »So ein toller! Eindeutig der coolste hier am Strand.«

»Wie meinst du das denn?«, fragte Lena misstrauisch.

»Na ja, ehrlich, er sieht hammermäßig aus, oder? Wie ein piekfeiner Pirat würde Tante Pi sagen, oder? Und meine Mam würde sagen, wie die Kirsche auf der Torte.«

»Echt, Lilli, die Sonne hat dir das Hirn verbrannt.« Sie kramte ihr Wunschbuch aus der Tasche. Dagegen musste sie sofort etwas unternehmen. Lilli und Lucas, das ging ja gar nicht.

»Jedenfalls finde ich ihn süß, und wenn ich mich recht erinnere, hast du das im Zug auch schon gesagt, oder?«, gab Lilli beleidigt zurück.

»Spinnst wohl«, trotzte Lena, die sich sehr wohl erinnerte. »Die sollen sich schnell wieder verdünnisieren.« Dann kehrte sie Lilli den Rücken zu und schrieb entschlossen: »Die drei Asse verschwinden von der Bildfläche. Und Lilli schwärmt nicht für Maxi-Ass.«

Wenig später ertönte von der JuHe lautes Gebimmel. »Na, gibt's für die Sträflinge schon den Abendbrei?«, stichelte Lena, als sie beobachtete, wie die Asse aufsprangen, Mini-Ass Goethe kräftig das Fell zauste, ihm dann einen Klaps zum Abschied gab und die Hälfte der Strandkinder in die JuHe steuerte. Sie war verblüfft, wie schnell das Wunschbuch gewirkt hatte – oder hatte die Essensglocke mit ihrem Eintrag gar nichts zu tun? Außerdem würde das nicht reichen, denn sie wollte die Jungs ja auf Dauer loswerden und nicht nur zum Abendessen. Sollte sie den Eintrag gleich neu schreiben oder lieber abwarten? Lilli unterbrach ihre Gedanken.

»Na, dann lass uns auch gehen. Hannah wartet auf deinen Bericht und Tante Pi will uns auch mal wieder sehen.«

Tatsächlich leerte sich der Strand, als wäre die Essensglocke der Jugendherberge das Zeichen für die ganze Insel, um aufzubrechen. Sie packten ihre Strandtaschen, pfiffen Goethe herbei und gingen zu ihrem Zelt zurück.

Nach dem Essen saß Lena nägelkauend vor dem uralten Bildschirm, der – dem Himmel sei Dank – an einen einigermaßen fortschrittlichen Rechner angeschlossen war, den man für wenige Cents zum Internetsurfen und Chatten nutzen konnte. Lilli malträtierte am Tisch neben ihr eine Tastatur, um ihren Eltern, ihren Freundinnen und aller Welt ihre Reiseerlebnisse mitzuteilen. Dazu hatte sie einen anonymen Blog eingerichtet, der ihr Ferientagebuch ersetzen sollte, das sie für die Schule schreiben musste. Raffiniert, fand Lena und war froh, dass von ihr niemand einen detaillierten Bericht erwartete, sondern nur gelegentliche Lebenszeichen.

Lena: Hannah, huhuuu, bist du hier irgendwo?

Hannah: Lena, bist du's?

Lena: Wer denn sonst bitte? Oder hast du mein Passwort in den öffentlichen Verteiler gestellt?

Hannah: Nein, natürlich nicht, aber hier tummelt sich ja die halbe Welt.

Lena: Das, was du schreibst, das kann nur ich lesen, außer du fummelst an den Einstellungen herum. Was macht das Haus, die Stadt, deine Mam?

Hannah: Gut, gut, gut.

Lena: Äh?

Hannah: Kurzfassen, hast du gesagt. Alles klar hier. Ziemlich langweilig, alle sind weg, leere Kinos, leere Eiscafés, volle Freibäder.

Lena: Kann ich mir vorstellen. Hast du die letzte SMS bekommen?

Hannah: Jahbi.

Lena: Jahbi? Wer ist Jahbi?

Hannah: Ich meine: Ja, habe ich. Wie geht's Goethe?

Lena: Wieder fast der Alte, ein bisschen durchgeknallt, muss an der Seeluft liegen.

Während Lena von ihrer Ankunft, dem ersten Tag und dem Wiedersehen mit den drei Assen berichtete, nur unterbrochen von Hannahs Huch-, Ach-nee- und Auweia-Einwürfen, beendete Lilli ihren Blogeintrag. »Hätte ich bloß vorher gewusst, wie mühsam das wird. Nie wieder in meinem Leben blogge ich zum Vergnügen anderer Leute.«

»Ich dachte, du sparst dir damit eine Menge Arbeit?«, stichelte Lena, während sie ihren Chatroom verließ und die Programme schloss.

»Schon, aber jetzt müssen wir jeden Tag jede Menge erleben, sonst wird es langweilig für die Leser.«

»Dann erfinde doch was. Außerdem glaube ich nicht, dass wir uns hier langweilen werden. Wir starten morgen mit dem Surfkurs, dann mache ich ein paar lustige Fotos, wie du ins Wasser plumpst, unter dem Segel begraben bist oder von einem Hai verfolgt wirst, und schon ist dein Blog gerettet.«

»Hmpf, sehr witzig. Ich darf keine Fotos einstellen. Elternbedingung.«

»Ach, uns fällt schon was ein. Komm, Tante Pi wartet beim bunten Abendprogramm auf uns.«

Tante Pi wartete genauer gesagt vor dem Eingang zur großen Veranstaltungshalle und hielt mit sauertöpfischer Miene nach den Mädchen Ausschau. »Da seid ihr ja endlich! Ich habe hier zwar keinen Pilawa erwartet, doch von bunt kann gar keine Rede sein. Irgend so ein Pilzkopf krakeelt ins Mikro und die Leute sollen darüber auch noch lachen. Das ist Pillepalle und gar nicht pink, wir gehen zum Zelt und zeitig in die Federn.«

Aber daraus wurde nichts. Denn wie Tante Pi hatten wohl noch andere, vor allem jüngere Leute über den bunten Abend geurteilt und so hatte sich ein munterer Trupp am Strand eingefunden, ein – außerhalb der offiziellen Lagerfeuerzeiten eigentlich streng verbotenes – Feuerchen angezündet und irgendjemand hatte seinem MP3-Player Lautsprecher verpasst, die nun fröhlich in die Nacht trompeteten. Tante Pi ließ sich überreden, noch auf »ein winziges Sekündchen« mit an den Strand zu kommen, und so saßen sie die halbe Nacht am Feuer, lernten endlich ihre Platznachbarn kennen, trafen auch die hilfreichen Zeltaufbauer wieder und mit ihnen Irina, die sie über die schönsten Sonnenplätze und besten Surfspots aufklärte. Zu dritt übten sie die komplizierten Tanzschritte einer Mazurka, während Tante Pi schon wieder mit Piet, dem Pilatestrainer, schäkerte, und als sie endlich wieder durch die Dünen zum Zelt zurückgingen, glaubte Lena, schon eine ganz feine Morgendämmerung erkennen zu können. Vielleicht war es aber auch nur ein Sehfehler aufgrund von Übermüdung.

Surfen war eine nasse, anstrengende Angelegenheit. Obwohl der Anfängerkurs in einer geschützten Bucht stattfand, machte Lena und Lilli die steife Nordsee-Prise ordentlich zu schaffen und in der Mittagspause lagen sie völlig erschöpft am Strand.

»Morgen gehen wir reiten«, stöhnte Lilli. »Sämtliche meiner armen Muskeln sehnen sich nach einem Pferd. Kampf den Surfbrettern, rettet die Pferde!«

»Du übertreibst. Es hat doch schon ganz gut geklappt, bis auf die Sache mit dem Wenden.« Lena kicherte, als sie daran dachte, wie oft das Rettungsboot Lilli davor bewahrt hatte, auf hohe See getrieben zu werden, und wie oft ein hilfsbereiter Profi ihr das nasse Segel aus dem Wasser gezogen hatte. »Und Tante Pi hat jede Menge Fotos gemacht.«

»Oh, danke, das hört sich super an, ich bin begeistert. Wann geht es weiter?«

»In einer halben Stunde. Du wirst schon sehen, am Abend haben wir Titelchancen beim deutschen Windsurf Cup.« Dafür werde ich schon sorgen, beschloss sie im Stillen, schnappte sich ihr Wunschbuch und schrieb Lilli schnell zu einem Naturtalent in Sachen Wassersport: »Lilli kapiert ab sofort, wie das Surfen mit Surfbrett funktioniert, fällt überhaupt nicht mehr um und kann Kurven fahren und wenden.«

Trotzdem musste am Nachmittag das Rettungsboot ausfahren und Lilli einsammeln. Klar, sie machte eine gute Figur, war nicht ein einziges Mal umgefallen, hatte keine einzige Bruchlandung hingelegt und umrundete souverän jedes Hindernis. Doch aus irgendeinem Grund kam sie nicht zum Ufer zurück. Später behauptete sie, das Surfbrett habe einfach nicht reagiert, oder immer gerade dann, wenn sie ihr Segel neu positioniert habe, habe urplötzlich der Wind gedreht. Lena befürchtete allerdings, dass Lilli Opfer des Wunschbuches geworden war – schließlich hatte sie nichts vom sicheren »An-Land-gehen« geschrieben! – und nur von dem Rettungsboot davor bewahrt wurde, den Rest ihres Lebens auf einem Surfbrett verbringen zu müssen. Überhaupt, so langsam verstärkten sich Lenas Zweifel an den Fähigkeiten des Buches. Hatte eigentlich irgendetwas wirklich gut geklappt, seit Hannah und sie es wiedergefunden hatten? Es hatte noch keinen einzigen Volltreffer gegeben, obwohl sich Lena wirklich bemüht hatte, bei den Einträgen besonders genau, vorausschauend und sorgfältig zu sein. Wenn sie nur an Goethes Maulkorb dachte. Und Lillis Surferlebnis. Oder die drei Asse, die einfach nicht verschwinden wollten. Moment, hatte die eigentlich heute schon jemand gesehen? Hatte es doch funktioniert?

»Sag mal«, fragte sie Lilli, die nach ihrer Rettung in eine Decke eingehüllt und mit einem heißen Tee versorgt auf dem Sofa der Surfschule saß. »Haben wir heute schon einen der Asse gesehen?«

»Ich dachte, du hättest sie weggeschrieben«, mümmelte Lilli, die immer noch unter leichtem Schock stand, in ihre Tasse.

»Habe ich, aber ich war mir nicht sicher, ob es geklappt hat.«

»Wohl schon, ich jedenfalls hatte dort auf dem Wasser keine Zeit, nach Jungs zu gucken, weiß ja nicht, was du so getrieben hast.« Hörte sie da einen leisen Vorwurf? Ahnte Lilli, dass Lena ihre Finger, äh, ihren Stift mit im Spiel gehabt hatte?

»Tut mir leid, ich wollte dir einen Gefallen tun. Wenigstens kannst du jetzt wirklich surfen.«

»Ja, und ich wäre fast zu Walfutter geworden.«

»Wale fressen keine ...«

»Und was war mit Jona, den der Wal verschluckt hat?«

»Er hat ihn ja auch wieder ausgespuckt. Und Jona hatte kein Surfbrett dabei.«

In diesem Augenblick stampfte Tante Pi herbei, um sie abzuholen. Sie trug einen schicken dunkelblauen Jogginganzug – und pinkfarbene Gummistiefel.

»Hi, Tante Pi«, begrüßte Lena sie, »warst du in dem Outfit beim Pilates?«

Tante Pi machte ein Gesicht, als hätte sie in einen Topf Fischabfälle geschaut. »Ich war joggen, ich habe Wassergymnastik gemacht und eine stundenlange Wattwanderung, nur weil der Pilates-Kurs ausgebucht ist. Die ganze Woche!« Vor Empörung überschlug sich ihre Stimme. »Dabei hat mir Piet gestern Abend noch einmal ganz fest einen Platz versprochen!«

»Oh, das ist ja schrecklich«, sagte Lena teilnahmsvoll und Lilli murmelte etwas von »Die eine muss bei einem Kurs mitmachen, den sie nicht will, die andere fliegt aus dem einzigen, den sie möchte, wieder raus. Tolle Ferien!«.

»Was ist denn mit Lilli passiert? Warum ist sie so pikiert?«, fragte Tante Pi irritiert.

»Lilli hat sich, nun, wie soll ich sagen, übersurft?« Lena schaute fragend zu ihrer Freundin, die sie mit wenig freundschaftlichen Blicken erdolchte. Mit einem düsteren »Danke, geht schon wieder« befreite sie sich umständlich aus ihrem Umhang und gab der Mitarbeiterin im Surfshop Teetasse und Decke zurück.

»Du meinst, sie hat ein kleines Pixelchen übertrieben? Ja, am Anfang sollte man schön langsam und ganz pianissimo machen, nicht wahr? Nun, ihr könnt heute Abend auf die Piste gehen und euch ein bisschen ablenken. Am Wochenende gibt es einen DJ-Wettbewerb und heute stellen sich die Teilnehmer bei einer großen Disco-Veranstaltung vor.«

»Genial«, seufzte Lilli alles andere als begeistert, »wieder ein bunter Abend.«

»Aber nein, das ist was für junge Dinger, wie ihr es seid, es wird sicher zum Piepen.«

Genau das befürchteten Lena und Lilli auch. Aber bevor sie zusammen ins Internet-Café aufbrachen, sicherte Lena via Wunschbuch noch ein Plätzchen im Pilates-Training für Tante Pi. Dann konnte sie in Ruhe ihr Elend im Chat mit Hannah bejammern:

Lena: Muss gleich zum Piepen, äh, zur Kinderdisco.

Hannah: Haha, was ist das?

Lena: Disco? Musik und tanzende Leute.

Hannah: Hab nur schlechte Erinnerungen an so etwas. Nie wieder Disco. Übrigens möchte Mam jetzt tatsächlich in den Urlaub fahren.

Lena: Ist doch genial.

Hannah: Berge, Wandern, See und so. Lars kommt ein paar Tage nach.

Lena: Echt jetzt? Wann?

Hannah: Schon am Wochenende. Unsere Urlaube überschneiden sich. Kann dir also nicht helfen, für den Sprachkurs zu packen.

Lena: Pack's schon alleine. Find ich toll, freu dich doch.

Hannah: Mal sehen. Trau dem Frieden noch nicht.

Lena: Miesepeterin.

Hannah: Ekelpaket. Was macht das Buch?

Lena: Sorgen. Manchmal komische Sachen. Nicht so, wie es sein soll.

Hannah: Da hab ich einen Witz. Hier die Kurzform: Einem alten, frierenden Pirat erscheint der Klabautermann und sagt, du hast drei Wünsche frei. Der Pirat sagt, ich brauche nur einen, ich wünsch mir nur ein warmes Plätzchen. Schwupp, hat der Pirat einen dampfenden Keks in der Hand.

Lena: *Leiseschmunzel* Genau so ist das mit dem Buch, nur schlimmer. Lass das mit den Witzen lieber, ja?

Hannah: *Beleidigtgrummelundschweig*

Lena verließ den Chatroom in dem guten Gefühl, dass zu Hause bei Hannah alles bestens war. Wenn sie Witze erzählte – und waren sie auch noch so schlecht –, konnte es nicht allzu schlimm um sie stehen. Währenddessen zerbrach sich Lilli neben ihr den Kopf, wie sie den heutigen Tag schildern konnte, ohne ihren Stolz zu verletzen.

»Schreib einfach, dass du surfen gelernt hast und es jetzt echt draufhast.«

»Noch ein Wort dazu und ich zieh in ein anderes Zelt«, murrte Lilli, schrieb aber brav den Satz fertig und verließ ihren Blog.

»Da hätten wir uns keine solche Mühe machen müssen mit unseren Klamotten«, stellte Lena später enttäuscht fest, als sie bei der Open-Air-Disco eintrafen. Klar, die meisten Mädels sahen gut aus: kurze Röckchen oder knappe Shorts, Top und schon war man passend gekleidet. Aber die Jungs! Und die Erwachsenen erst. Da sah man doch tatsächlich den einen oder anderen Fuß in Badelatschen anstelle von Zehensandalen und Badehosen statt modischer Shorts.

Tante Pi verzog sich mit einem Trupp Damen und Herren gesetzteren Alters an die Bar und bestellte sich eine Pink Lady, was einiges über ihren Gemütszustand aussagte, bevorzugte sie doch normalerweise Pina Colada.

»Jetzt schau mal, wer da ist«, überschrie Lilli die laute Musik. Natürlich klemmten die Asse inmitten einer großen Gruppe Jugendlicher direkt neben dem DJ. Das Mini-Ass sah ein wenig unglücklich aus. Obwohl ihm seine blonde Haarsträhne quer übers Gesicht fiel, konnte Lena seine großen, traurigen Augen erkennen. Hundeaugen. Wie Goethes Augen, wenn er aus dem Bett gescheucht oder erwischt wurde, wenn er am Sofa kaute. Aber Tobias langweilte sich vermutlich, während sich das Midi-Ass Jonas mit blitzenden Augen nach einem Opfer umschaute, das er trotz des Lärms bequasseln konnte, und Maxi-Ass Lucas in gewohnt lässig-unnahbarer Haltung über die Menge blickte und mit dem Fuß wippte.

»Hat nicht geklappt mit dem Verschwinden! Jetzt hab ich aber genug!«, brüllte Lena zurück, zückte ihr Büchlein und schrieb ein wenig krakelig, weil sie immer wieder angerempelt wurde: »Jetzt sofort sind die drei Asse weg und es gibt doppelten Spaß«.

Nichts geschah, die Jungs waren weiter zu sehen. Nicht einmal die späte Uhrzeit kam Lena zu Hilfe und ließ die Jungs brav ins Bett verschwinden. Stattdessen vergrößerte sich die Gruppe. Atemlos schauten Lilli und Lena zu, wie drei weitere Kerle mit großem Hallo begrüßt wurden.

»Ich fass es nicht!«, keuchte Lena.

»Ich glaub, ich habe eine Meerwasservergiftung«, japste Lilli. »Siehst du auch, was ich da sehe?« Sie musste so laut schreien, dass sich fast ihre Stimme überschlug. Der DJ wollte wohl mit Lautstärke über seine grausame Musikauswahl hinwegtäuschen.

»Ich seh doppelt!«, kreischte Lena zurück. »Noch mal drei Stück und die sehen fast genauso aus wie die Asse, oder?«

»Absolut. Du, ich glaub, dein Buch hat einen Sprung in der Schüssel oder einen Knick in der Seite oder so. Was soll das denn bitte? Die Asse haben sich glatt verdoppelt, statt zu verschwinden!«

»Keine Ahnung. Hauen wir ab?«

»Auf keinen Fall, das muss ich sehen.«

Die Jungs begrüßten sich mit Handschlag, schlossen die Reihen und gaben sich dann gemeinsam dem

Rhythmus hin. Zumindest auf die Ferne glich der größere Lucas. Statt der langen dunklen Strähnen fielen ihm allerdings dunkelblonde Haare in die Stirn. Außerdem hatte er auffällig blasse Haut und tief liegende Augen, die ihm einen geheimnisvollen Ausdruck verliehen. Die anderen beiden schienen ältere Klone von Jonas und Tobias zu sein, nur dass beide mindestens zwölf oder dreizehn Jahre alt waren. Dass sich der älteste neben Mini-Ass Tobias breitmachte, schien dem nicht zu behagen. Eingekeilt zwischen den Jungs konnte er weder nach rechts noch nach links ausweichen, bis er seinen Bruder Maxi-Ass am Ärmel zupfte und ihm irgendwas ins Ohr schrie. Der zuckte mit den Schultern, nickte kurz und führte seinen Bruder hinaus und weg vom Discogeschehen.

»Da ist er halt noch ein bisschen klein für«, kommentierte Lilli mit der geballten Erfahrung einer großen Schwester die Szene.

»Was machen wir denn nun? Lassen wir uns von denen den Abend verderben oder ignorieren wir sie einfach?«

»Ignorieren«, antwortete Lilli und nuckelte am Strohhalm ihrer Limo. »Da ist der dritte DJ. Mal sehen, welcher hat mir bis jetzt am besten gefallen . . . hmhmh.«

»Ich fand das Mädel cool. Die sieht aus wie eine von MTV. Die hat die Jungs zehnmal in die Tasche gesteckt. Hoffentlich macht sie das Rennen!«

»Maxi-Ass hätte gut reingepasst, findest du auch?«

»Kann ich mir schon vorstellen, dass der den DJ draufhat. Wo er doch andauernd an seiner Gitarre rumzupft.«

»Tja, jetzt muss er erst mal seinen kleinen Bruder ins Bett bringen, der Ärmste.«

Dafür stürzte sich nun Midi-Ass mit Begeisterung auf Lena und Lilli, zerrte sie unbarmherzig an den Rand der heißesten Musikzone und überschlug sich förmlich in »Also echt, dass ihr auch hier gelandet seid, das haut mich voll um« und Ähnlichem. Anstrengend zwar, aber so erfuhren Lena und Lilli wenigstens, warum die drei Asse auch hier waren und warum es ganz und gar unmöglich war, sie wegzuwünschen, weil es einfach nichts gab, wo man sie hinwünschen konnte.

»Aber wir müssen hier im Camp sein, kapier das doch endlich«, stöhnte Jonas genervt, als Lilli zum fünften Mal nach seinen Eltern gefragt hatte. »Wir haben kein Zuhause. Deshalb hocken wir hier und pauken.«

»Seid ihr Waisen oder was?«

Entgeistert starrte Jonas sie an. »Blödsinn, wir ziehen um. Von München nach hier oben. Ihr seid an unserer Zwischenstation in den Zug gestiegen. Jetzt sind wir eben so lange hier, bis unsere Eltern das Haus halbwegs startklar gemacht haben. Wo ist da das Problem?«

Na, das war total unspektakulär, fand Lena. Ein schnöder Umzug, wegen dem man die Jungs auf die

Insel verbannt hatte. Kein Wunder, dass Maxi-Ass so eine Schnute zog. Von München in die nordische Pampa, das war schwer zu verkraften. Surfen statt Skifahren, Nebelbänke statt Gipfelaussicht, Möwengeschrei statt Clubmusik.

»Oh, ihr zieht hierher, das ist aber toll. Hier gibt's Reiterhöfe ohne Ende und ein Gelände zum Träumen! Und dann das Meer, ihr Glücklichen!« Klar, dass die Vorstellung Lilli gefallen musste. Aber Jonas tickte eindeutig anders als Lenas Freundin. Sein irritierter Blick sprach Bände. »Mir ist es egal, wo ich wohne, echt. Hauptsache DVB-T-Empfang, eine gute Internet-Verbindung und jede Menge Spiele für die Wii, na ja, vielleicht noch ein halbwegs vernünftiges Kino in der Nähe und ein paar Kumpels, dann bin ich zufrieden.«

»Boah, wie langweilig«, konterte Lilli prompt. Die beiden hatten sich sichtlich gefressen.

»Und wie finden es deine Brüder?«

»Geht so. Jedenfalls ist es gar nicht so schlecht im Camp. Tobi muss nur um zehn drüben sein. Alterstechnisch, ihr versteht?«

»Was ist denn das für ein tolles Camp? Sind ja massig Leute dort.«

»Ja, ist echt riesig. Voll fettes Programm den ganzen Tag. Englisch, Französisch, Lerntechniken und mittags Sport. Ich glaube, die ganz JuHe ist in festen Händen.«

Dass es aber auch keine Kids mehr gab, die einfach nur noch in den Urlaub fuhren, sondern alle in irgendwelche Lerncamps gepackt wurden, grausam. Immerhin stand Lena genau das am Ende der Ferien auch noch bevor. Ach, lieber nicht dran denken. Es war schon ihr viertes Camp, also war sie ein alter Hase und wusste, wie das ablief. Augen zu und durch.

»Und Tobi, der lernt auch?«

»Ja, wir sollen auf ihn aufpassen, aber er ist in einer anderen Gruppe. Er hat schon jetzt voll das Heimweh und . . . ach da ist Lucas wieder, ich geh mal rüber.« Sprach's und verschwand in der tanzenden Menge. Eigentlich eine super Gelegenheit, ein unverfängliches Wörtchen mit dem Maxi-Ass zu reden. Doch zu Lenas Bedauern machte sich jetzt ein derb gestylter Hiphopper am Mischpult bereit und die Tanzfläche platzte fast aus allen Nähten.

»Komm, Lena, genug gequatscht, wir tanzen jetzt auch.«

Kapitel 8

Ich wünsch mir einen Friesen«, verkündete Lilli beim Frühstück träumerisch. Es gab Saft, der trotz der frühen Tageszeit die Wespen anzog wie eine attraktive Hundedame Goethes Schnauze.

Lena kicherte albern. »Ich wünsch mir keinen Friesen, ein Pony tut's auch.«

»Haha, wirklich witzig. Quatsch, du kennst doch diese himmlischen Pferde ganz in Schwarz mit dem buschigen Gehänge an den Fesseln und den langen flatternden Mähnen! Genau so einen möchte ich. Stell dir mal vor, wie toll, mit so einem am Strand zu galoppieren. Was für ein Gefühl! Und wie cool das aussieht«, schwärmte Lilli.

»Ich will ein Pony, das lieb ist und nicht mit mir baden geht.«

»Und ich will Pilates machen«, seufzte Tante Pi, die Nase tief in ihrem Kaffeebecher vergraben. »Und ich will nicht überall Sand haben. Selbst mein Kaffee knirscht zwischen den Zähnen.«

Stimmt, dachte Lena, was war eigentlich mit dem Pilates-Trainer? Der war doch laut Wunschbuch bestellt und hätte schon lange auftauchen müssen. Sie schnappte sich schnell ihr Buch, schrieb Lilli den ersehnten prachtvollen Friesen an den Strand und wollte gerade Tante Pis Pilates-Thema noch einmal neu formulieren, als ein fröhliches Pfeifen von jenseits des Sandhügels ertönte. »Meine Lieben«, rief der hünenhafte Sporttrainer. »So viel Schönheit an einem so jungen Morgen, wer braucht da noch Sonnenschein?«

»Püh«, machte Tante Pi. Besser konnten nicht einmal Lena und Lilli die verletzten Prinzessinnen spielen. Jeder konnte es sehen, der Trainer war in Ungnade gefallen, der Henker war bereits bestellt.

»Meine verehrteste Pi, ich habe ein Versöhnungsangebot für dich. Weil mein Herz an dir und nur an dir hängt, habe ich kurz ein paar Mädels verschoben und ...« Er beugte sich vertraulich über Tante Pi und raunte ihr ins Ohr »... habe dir eine Extra-Privatstunde organisiert. Bei mir und mit mir, jeden Mittag um 12.00 Uhr, so lange du willst, bis an mein Lebensende.«

»Oh«, hauchte Tante Pi entzückt und errötete in zartem Pink. Kein Gedanke mehr an vergangene Übellaunigkeiten. »Das ist ja ganz reizend, ich bin pünktlich, du kannst dich auf mich verlassen.«

Lena und Lilli wechselten mit aufgerissenen Augen verzweifelte Blicke. Tante Pi alleine mit Piet zum ... nicht auszudenken, was da alles geschehen konnte!

»Du liebe Zeit, das müssen wir genau im Auge behalten«, flüsterte Lena Lilli zu. »Sonst gibt es eine pikante Piraterie, die Pino ganz sicher nicht gefällt.«

Lilli nickte, während sie die Teller zusammenpackten und sie kurz abspülten. Doch ein kleiner Windstoß reichte und wieder klebte Sand an den feuchten Rändern der Tassen sowie am gesamten Besteck. Frustriert stapelten sie die Sachen auf einer Ablage ihrer Außenküche, die sie vor Tante Pis Wohn-Ei eingerichtet hatten. »Es ist hoffnungslos. Bei dem Wind bekommen wir die Sachen nie sandfrei.«

»Früher haben sie doch auch ihr Geschirr mit Sand und Asche gereinigt, also soll sich Tante Pi mal nicht so haben.«

Aus dem Wohnwagen-Ei klang fröhliches Summen, ein Handy klingelte und Tante Pi flötete ein ausgelassenes »Hallöchen«.

»Oh, Pino, du bist es«, Tante Pis Stimme sackte in sich zusammen wie ein missratener Rührkuchen, ». . . nein, du musst natürlich nicht kommen. Ja, keine Sorgen, alles fein, ich bitte dich, nein, wirklich«, drangen die Gesprächsfetzen zu ihnen hinaus.

»Ich finde schon, dass er kommen könnte, oder? Er ist super in Ordnung und surfen kann der, ohne Worte. Ich schreibe ihn einfach her, was meinst du?« Lena zwängte sich mühsam in eine Reithose. Die hatte sie von Lilli, denn erstens besaß sie keine Reithose und zweitens war ihr Koffer ja auch so schon zum Platzen voll gewesen. Doch leider hatten sie wohl nicht ganz die gleiche Größe. »Puh, bei der Hitze in diese Hose. Es klebt so sehr, ich komme gar nicht rein«, jammerte sie. »Strand ist ja gut und schön, aber doch lieber im Bikini.«

»Kannst du drunterziehen. Aber beim Reiten brauchst du einfach ordentliche Klamotten, da kommst du mit Shorts nicht weit.«

Etwas steifbeinig stakste Lena vor dem Zelt auf und ab. »Meinst du, Goethe möchte mit, oder soll ich ihn lieber bei Tante Pi lassen? Die hat einen Aufpasser nötiger als wir.«

»Fragen wir ihn doch«, meinte Lilli, an der Reithosen immer so schick aussahen, als ob sie nie etwas anderes tragen würde. »Wo schlampert er überhaupt wieder herum?«

»Er hat gestern am Strand eine ganz drollige Hundedame kennengelernt. Blond mit Zöpfchen. Ich habe nur keine Ahnung, wem die gehört. Eigentlich habe ich ihm einen Spielkameraden gewünscht, jetzt ist's eine Hundeliebe geworden. Auch gut.«

»Wir haben noch Zeit, los, wir gehen ihn suchen. Sonst bekommt er Ärger, weil er alleine spazieren geht, und das wollen wir ja nicht.«

Die wenigen Schritte hinunter zum Strand rannten sie fast. Ein steifer Wind blies ihnen entgegen und sie mussten sich mächtig anstrengen, um vorwärtszukommen.

»Da drüben, das sieht aus wie Goethes Fell! Da ist noch jemand dabei.«

Lilli zeigte den Strand hinauf zu einem geduckten Bündel, das eher einem Stoffknäuel glich, das sich im vertrockneten Gebüsch verfangen hatte, als einem Hund mit Menschen.

Lena pfiff auf den Fingern. Das hatte ihr Pino letztes Jahr beigebracht und sie hatte es schon fast vergessen. Aber hier am Strand war es die einzige Möglichkeit, das Meeresgetöse zu übertönen. Nutzte aber nichts. Goethe konnte oder wollte nicht hören, ja, er wandte nicht einmal den Kopf zu ihr herüber.

»Der hat sie ja wohl nicht alle, dem werd ich die Hundeohren lang ziehen«, schnaubte Lena und strebte dem grauen Haufen zu. Tatsächlich rührte sich Goethe nicht, bis sie kurz vor ihm angekommen war. Jetzt konnte sie auch erkennen, wer da bei ihm hockte, die Arme fest um Goethe geschlungen, als würde er sonst vom Sand verschluckt werden: Es war Tobias, das Mini-Ass.

»Was zum . . .«, legte Lena los, doch da hob Goethe den Kopf und sah ihr mit so vollendet leidender Hundetraurigkeit entgegen, dass sie sofort verstand und einen Kloß in den Hals bekam. Nur ein leichtes Wischen mit dem Schwanz verriet, dass er sich freute, sie zu sehen, aber gleichzeitig um Verständnis bat, weil er hier einen dringenden Job zu erledigen hatte. Tobias vergrub sich noch tiefer in Goethes Fell. Sein Rücken zitterte und sie hörte trotz des heftigen Windes ein leises Schniefen. Ratlos standen sie und Lilli vor dem trostlosen Bündel.

»Du, Tobi, wenn was ist, also, wir können dir sicher helfen. Oder sollen wir Maxi. . . äh, Lucas Bescheid geben? Hast du jetzt nicht Unterricht? Es ist doch schon zehn vorbei.« Lilli, die mit dem Kummer kleinerer Geschwister umzugehen wusste, war hier genau die Richtige. Trotzdem drang sie nicht zu Tobias durch, der weiter in Goethes Fell schniefte.

»Die suchen ihn doch bestimmt schon, oder?«, meinte Lena und sah sich um. Die ersten Badegäste und Sonnenanbeter kamen und besetzten ihre Strandkörbe oder richteten ihren Windschutz ein. Keiner rief nach Tobias oder sah sich suchend um.

»Wir könnten im Camp Bescheid geben, damit sie sich keine Sorgen machen.«

»Nein, geht schon wieder, muss zurück«, murmelte es unerwartet aus Goethes Fell. Tobias rappelte sich hoch, putzte seine Nase an seinem T-Shirt-Saum ab, sah traurig zu Goethe, der verständnisvoll und aufmunternd zurückguckte, und rannte davon. Beklommen sahen sich Lena und Lilli an. »Na ja, dann . . .?« Lilli zuckte mit den Schultern.

»Goethilein, was bist du für ein feiner Seelentröster, der sah wirklich ganz verzweifelt aus. Wahrscheinlich Heimweh, so wie Jonas gesagt hat«, Lena wuschelte seine Ohren durch, die – Himmel sei Dank – nicht nass geweint waren.

»Was machen wir denn nun?«, fragte Lilli unschlüssig. »Meinst du nicht, wir hätten uns um ihn kümmern müssen?«

»Wollte er doch nicht. Er ist schon über alle Berge. Lass uns einfach zum Reitstall gehen, Goethe kann ja mitkommen.« Sie legte Goethe die Leine an und gemeinsam wanderten sie über den Campingplatz, um Tante Pi Bescheid zu geben. Die rief begeistert: »Oh, wie schön, viel Spaß beim Picknick«, und Lena und Lilli trotteten weiter zum Reitstall, wo schon eine ganze Menge los war. Zahlreiche Eltern warteten mit aufgeregten Töchtern darauf, Termine oder Ponys zugewiesen zu bekommen. Kleinkinder wieselten umher und die eine oder andere Träne gab es auch, wenn es nicht das erhoffte Traumpferd geworden war, sondern nur ein goldiges Shettie.

»Und Tante Pi hat alles für uns organisiert?«, flüsterte Lilli Lena zu, als sie sich im Büro anstellten und mit klopfenden Herzen darauf warteten, einer Gruppe zugeordnet zu werden.

»Hat sie zumindest gesagt«, raunte Lena zurück und war schon gespannt, wo Lillis Friese auf sie warten würde. Sie sah schon seine glühenden Augen und seine wehende Mähne vor sich, als sie endlich an der Reihe waren.

»Lena und Lilli?«, fragte die Dame, die so gar nicht wie eine Reitlehrerin aussah. Föhnfrisur, lackierte Fingernägel und Minirock anstelle von Haargummi, Karohemd und Reitstiefeln. Sie studierte eine ellenlange Liste, bis ihr glutroter Fingernagel auf zwei Zeilen niederstieß, als wolle sie dort eine Fliege zerquetschen. »Ha, hab ich euch gefunden«, strahlte sie über ihren Erfolg. »Ihr kriegt Benni und Paule, zwei ganz Liebe.

Hier, die Nummern tragen sie am Halfter, sie stehen auf Koppel drei, Riemen hängen am Zaun, einfach von der Koppel führen, hier anleinen, Sattel nach Nummer heraussuchen, Trense dazu und fertig. In fünfzehn Minuten startet eure Gruppe. Die nächste . . . Sirin wer? Ach, Moment, es klingelt . . .«

Lena runzelte die Stirn. Sie würde ihren Friesen weder »Benni« noch »Paule« nennen. Die mussten einen temperamentvollen Namen tragen, wie einen Orden an der Brust. »Thunder« oder »Wotan« oder »Pegasus« oder . . . Lena dachte angestrengt nach, aber ihr wollte kein imposanter Name mehr einfallen. Egal, inzwischen waren sie sowieso an Koppel drei angekommen. Eine ganze Herde tummelte sich hier. Im Stillen dankte Lena der guten Organisation des Stalles. Ohne Nummern an den Halftern wäre es aussichtslos gewesen, nach einem bestimmten Pferd zu suchen. Allerdings konnte Lena beim besten Willen keinen Friesen ausfindig machen. Braune, dunkelbraune, helle, gescheckte Ponys, sogar ein paar Schimmelchen, sonst nichts. Jede Menge Islandpferde, die konnte selbst ein absoluter Pferdeignorant an ihren buschigen Mähnen, den munteren Augen und dem fröhlichen Herumtollen erkennen. Und natürlich Shetland-Ponys ohne Ende, die ihre dicken Bäuche über die Wiese bewegten, als wären sie allesamt trächtig. Lena traute sich nicht, Lilli ins Gesicht zu sehen, irgendwie ahnte sie schon, dass es langsam immer länger wurde. Nicht dass Lillis Bosco ein arabischer Hengst mit Zuchtqualitäten gewesen wäre. Bosco war ein lieber Kerl und sah genauso aus, aber sie hätte sich für Lilli schon etwas Besonderes gewünscht. Ohne zu zögern, öffnete Lilli das Gatter, winkte Lena, ihr zu folgen, und schloss es sorgfältig wieder direkt vor Goethes Nase. »Du musst draußen bleiben, mach schön Sitz. Los, Lena, suchen wir unsere Prachtkerle, Nummer siebzehn und dreiundvierzig. Dann entscheiden wir, wer wen bekommt.«

Komisch, Lilli klang gar nicht sauer oder enttäuscht, eher entschlossen. Jedenfalls war Lena froh, dass sie nicht alleine hier auf der Koppel mit zwanzig Pferden stand. Die kamen nämlich gerade munter näher und fingen an, an ihren Taschen zu schnuppern, an ihren Ärmeln zu zuppeln und sich mit kleinen Austritten Platz zu verschaffen. »He«, machte Lena, als sie von hinten einen kräftigen Knuff bekam. Ein wuscheliger Kopf schob sich unter ihrem Arm durch und begann, schamlos in ihrer Tasche zu wühlen. »Also, was soll denn das? Ich hab doch überhaupt nichts, Lilli, was macht der denn da?«

Lilli warf einen prüfenden Blick auf das Halfter des vorwitzigen Kerls. »Das ist Nummer siebzehn, er hat sich freiwillig gestellt. Hallo Benni, die hat kein Leckerli, die ist knauserig wie die Knusperhexe. Nimmst du ihn an den Strick?« Empört nestelte Lena mit ihrem Seil herum. Vorsichtig klinkte sie den Verschluss in Bennis Halfter und führte ihn Richtung Koppelausgang. Oh

Wunder, er kam ganz brav mit. Aber nicht, ohne sie andauernd in die Seite zu stupsen oder an ihren Klamotten zu kauen. »Du scheinst ja mächtigen Hunger zu haben«, murmelte Lena und kraulte ihm das weiche Fell hinter den Ohren. »Hab ihn«, rief Lilli stolz vom anderen Ende der Koppel. Paule entpuppte sich als ein gescheckktes, außergewöhnlich großes Pony, das zwar zuerst unwillig die Augen rollte, als sich Lilli näherte, dann aber doch zutraulich näher kam, als sie mit ihm sprach. Klar, Lilli, die Pferdeflüsterin, der konnte kein Vierhufer widerstehen – und außerdem hatte *sie* bestimmt Leckerlis in der Tasche.

»Hey, das ist ein echtes Indianerpferd!«, rief sie herüber. »Ich glaub, der hat Pfeffer, genau der Richtige für mich.«

Na, so etwas. Blödes Wunschbuch, dachte Lena. Schon wieder voll daneben. Jetzt kam noch die Sache mit Tante Pi dazu, wo das Buch mit den Pilates-Einzelstunden ein bisschen über das Ziel hinausgeschossen war, dann Lilli, die meilenweit von ihrem Friesenpferd entfernt war, ganz zu schweigen von den drei Assen, die sich verdoppelt hatten, statt zu verschwinden. Sehr merkwürdig. Benni nutzte ihre Unaufmerksamkeit und begann, hingebungsvoll an einem saftigen Busch herumzumampfen. »Lass das, wir müssen uns beeilen«, raunzte sie, doch er war nicht von seinem Busch wegzubekommen. Erst als Lilli, Paule und Goethe gemütlich vorbeispazierten, entschied sich Benni anders und trottete hinterher. »Was ich möchte, ist dir wohl völlig egal«, schimpfte Lena.

»Ah! Ich bin immer froh, wenn ich erfahrene Reiterinnen in der Gruppe habe«, wurden sie von einer Frau begrüßt, die nun endlich wie eine Reitlehrerin aus einem ihrer alten Pferde-Bilderbücher aussah. So muss das sein, dachte Lena zufrieden. Ein ansehnlicher Reitlehrer wäre zwar auch nicht schlecht gewesen, aber die freundliche, braun gebrannte Gesa schien in Ordnung zu sein. Ruck, zuck hatten sie alle Ponys fertig gesattelt, sodass es losgehen konnte. Eine Stunde Reitunterricht in der Abteilung, bei der sich Gesa als sehr anstrengend und sehr streng entpuppte, danach an den Strand, was Goethe besonders freute, zum Picknick an die äußerste Nordspitze der Insel und später alles wieder zurück.

Lena war stolz auf sich, denn sie hielt sich tapfer auf dem Pferderücken. Benni allerdings war weniger tapfer: Gegen seine Fresssucht war kein Kraut gewachsen und die beiden fielen immer wieder hinter die anderen zurück. Erst wenn er selbst den Abstand als zu groß erachtete, tippelte Benni mit seinen kurzen Beinchen im eiligen Turbo-Trab hinter der Gruppe her, sodass Lena auf und nieder gerüttelt wurde, ihr Helm verrutschte und sie ihre Steigbügel verlor. Wenn er wenigstens galoppiert wäre, dann hätte es nicht so geruckelt. Sofort, wenn er zur Gruppe aufgeschlossen hatte, wurde Benni wieder zum Bravsten aller Braven und wackelte gelassen mit den Ohren – bis ein neues erbsengrünes Büschel Gras oder ein würziger Strauch seine Aufmerksamkeit erregten. So kam es, dass Lilli schon längst am Picknickplatz abgesessen war und ihren Paule angebunden hatte, als Lena endlich eintraf.

»Guck mal, was ich gefunden habe.« Lilli hielt ihr etwas entgegen, das Lena beim besten Willen nicht erkennen konnte. Irgendwas Schwarzes. Und schwarz vor Augen war ihr sowieso schon vor Anstrengung und Schmerzen. »Lass mich erst einmal absteigen, ich bin durchgeschüttelt wie ein Mirabellenbaum bei der Ernte«, japste Lena, rutschte von Bennis Sattel und landete – auf dem Po. Ihr waren einfach die Beine weggesackt. »Ich kann nie wieder laufen, meine Beine sind krumm und nutzlos geworden«, jammerte sie und schaute auf die zwei langen Dinger, die an ihr dranhingen, als gehörten sie nicht dazu.

»Jetzt schau doch! Hast du was damit zu tun?«, bohrte Lilli ungerührt nach und knotete Benni fest, während sich Lena aufrappelte.

»Hm?«, machte Lena und endlich erkannte sie, was Lilli da in der Hand hielt: ein wunderhübsches schwarzes Friesenpferdchen. Aus Kunststoff.

»Sag bloß, das hast du hier im Sand gefunden?«

»Genau.«

»Ups, ich glaube, das Wunschbuch ist doch deutlich mehr beschädigt, als wir dachten. Vielleicht muss es mal zum Doc?«

»Wunschbuch-Doc? Das wäre genau das Richtige.«

»Wenn ich mir wenigstens die Beine wieder gerade schreiben könnte«, lamentierte Lena weiter.

»Oder die Warteschlange bei den Getränken kürzer, das würde mir schon reichen. Ich verdurste auf der Stelle«, stimmte Lilli in das Gejammer ein. Tatsächlich war der Picknickplatz heillos überlaufen. Um die wenigen Grillplätze stritten sich mehrere Familien und Gruppen, der kleine Kiosk, der Pommes, Würstchen und Getränke anbot, war komplett überfordert und die Ponys waren in wenigen Sekunden von Kindern umringt wie heruntergefallenes Eis von Ameisen. Schon begannen die ersten Pferde, nervös zu werden und die Köpfe nach hinten zuwerfen.

»Oh, oh, du solltest zuerst die Pferde beruhigen«, meinte Lilli.

»Oh, oh, vielleicht solltest du das lieber übernehmen, das ist sicherer«, knatschte Lena, denn sie traute ihrem Wunschbuch keine fünf Schritte mehr über den Weg.

»Gemeinsam«, schrie Lilli auf, als sie ein kleines Mädchen von einem Pferd wegzog, das nervös mit den Hinterbeinen tänzelte.

»Die Pferde beruhigen sich sofort und alle Leute suchen sich einen anderen Kiosk, sodass sich die Lage hier entspannt. Die Kinder lassen die Pferde in Ruhe«, kritzelte Lena schnell in ihr Buch. Mit klopfendem Herzen wartete sie, was passieren würde. Na bitte. Mit einigem gutem Willen konnte man behaupten, dass die

Pferde ruhiger wurden. Das lag jedoch hauptsächlich an Gesa, die beladen mit Getränken von der Theke zurückgekommen war und mit wenigen Worten und scharfen Verwarnungen Ordnung geschaffen hatte. Mindestens hundert Kinder, so kam es Lena vor, wandten sich von den Pferden ab und Goethe zu, der mit bewundernswertem Gleichmut im Schatten lag und sich bauchpinseln ließ. Die Kinder schleppten einen Wassernapf, Trockenfutter und eine Haarbürste heran und überschütteten Goethe mit ihrer Fürsorge. Lena betrachtete das Schauspiel eine Weile, doch ihr Hund war so erledigt von dem Ausflug, dass er zu keinen Untaten mehr fähig war und sich geduldig Trockenfutter zwischen die Lefzen schieben und das Fell bürsten ließ.

Da rumpelte ein Wagen auf den Parkplatz, dessen Erscheinen man großzügig dem Wunschbuch zuschreiben konnte: eine Wurst- und Frittenbude auf Rädern. Das war zwar nicht genau so, wie es sich Lena gedacht hatte – ihr wäre es lieber gewesen, die Leute wären komplett verschwunden –, doch immerhin entschärfte sich die Versorgungslage in wenigen Minuten und die gereizte Stimmung verlagerte sich von den Gästen auf den Kioskbesitzer, der lauthals über den Kerl herzog, der ihm die Kunden klaute.

»Hauptsache, was zu trinken«, stöhnte Lilli, als Gesa mit der zweiten Getränkeladung ankam und man sich langsam daranmachte, die Picknicktaschen auszupacken. Doch die Ruhe dauerte nicht lange an, da drängten bereits die nächsten Neuankömmlinge zum Picknick-Platz: Niemand anderes als die rund fünfzig Jungs und Mädels des Sprachcamps überschwemmten den sowieso schon überfüllten Nordzipfel der Insel. Es wurde eng. Sämtliche Tische waren belegt, Berge von Rucksäcken und Taschen standen herum und Lena hatte das Gefühl, dass sich die Menschen schon stapelten, als sich ausgerechnet eine Gruppe älterer Jungs und Mädels neben ihnen niederließ. Inklusive Maxi-Ass Lucas, wie immer mit seinem Piratenkopftuch, und dem ältesten Jungen des Doppelgänger-Trios samt unvermeidlichem technischem Equipment. Auch das Mini-Ass stolperte vorbei, um sich eine Stulle abzuholen, bekam ein Bein gestellt, heulte auf und verschwand wieder in der Menge der jüngeren Kinder.

Die Folge war eine heftige Auseinandersetzung zwischen Lucas und dem Kerl, der Tobias das Bein gestellt hatte. Seine schwarzen Haare waren so dicht und gleichmäßig wie das Fell eines Maulwurfs. Natürlich konnte er nichts dafür, dass er auch noch eine Brille trug und knallrote, wulstige Lippen hatte – aber Lena musste ihn einfach »Maulwurf« taufen. Die beiden brüllten sich in einem Englisch-Heimatsprachen-Gemisch an, dass selbst die bettelnden Möwen entsetzt davonstoben. Der Beinsteller fing an zu schubsen, Lucas schubste zurück, und wenn nicht der älteste Doppelgänger mit einem weiteren Sprachensalat eingegriffen hätte, wären die beiden im Sand gelandet und hätten sich gerollt wie zwei Kalbsschnitzel in der Panade.

»Puh, da geht's aber zur Sache«, kommentierte Lilli interessiert. »Toll, wie Lucas sich für seinen Bruder einsetzt!« Sie rutschte ein wenig näher an die Gruppe und versuchte, mit dem Maxi-Ass Kontakt aufzunehmen. Lena schnaubte. So eine untreue Seele! Hatte Lena nicht in ihr Buch geschrieben, dass Lilli Lucas so interessant finden würde wie den Mückenstich am Hintern einer holsteinischen Kuh? Zum Wahnsinnigwerden! Sie rutschte ebenfalls näher, natürlich nur, um das Schlimmste zu verhindern.

Weil Lucas vor Wut noch nicht sprechen konnte und Lilli keines Blickes würdigte – funktionierte das Buch etwa mal wieder umgekehrt? –, versuchte sich Lilli an einer Konversation mit dem Doppelgänger-Chef, der sich als Ruben vorstellte und tatsächlich der älteste der drei Brüder war. Levi und Thijs waren Zwillinge, die wie Pech und Schwefel zusammenklebten und sich auch in etwa so ähnlich sahen, nämlich gar nicht.

»Er sieht aus wie aus meinem letzten Vampirroman entsprungen«, schmachtete Lilli in Rubens Richtung.

»Och, findest du? Seit wann gibt es blonde Vampire?«

»Er ist dunkelblond, fast braun, und die eisgrünen Augen, also vampirmäßiger geht's gar nicht«, schwärmte Lilli. »Und wie romantisch er ausschaut!«

Na gut, so ein bisschen Vampirähnlichkeit konnte

Lena schon entdecken. Immerhin lenkte er mit seinem Aussehen Lilli von Lucas ab. Lucas, der mindestens ebenso romantisch aussah mit seinen dunklen Locken und dem allgegenwärtigen Stirnband. Ups, seit wann stand sie denn auf romantisch?

Blöd war jedoch, dass Ruben ein holländischer Vampir war, nur englisch und niederländisch sprach und hier im Camp endlich sein Französisch auf die Reihe kriegen sollte. Lilli hörte ihm tapfer zu, doch Lena erkannte klar, dass sie nicht einmal die Hälfte von Rubens Ausführungen verstand. Lillis Englisch war bedenklich, das wusste Lena genau, und lange würde sie keine Lust haben, sich mit Händen und Füßen zu verständigen. Das sollte sie aber, wenn Lena sich in Ruhe Lucas widmen wollte. Kurzentschlossen kruschelte Lena ihr Buch aus der Tasche und optimierte mit wenigen Worten Lillis Fremdsprachenkenntnisse. Hoffentlich verschwanden die jetzt nicht komplett. Es war ein unkalkulierbares Risiko, überhaupt etwas ins Buch zu schreiben. Aber einen Versuch war es wert.

Lena hörte aufmerksam zu, als Ruben einen neuen Versuch machte, sich Lilli mitzuteilen. Sie guckte ihn reizend, aber hilflos lächelnd an, bis er von hinten angerempelt wurde, seine Cola verschüttete und einen niederländischen, deftigen Fluch losließ.

»Potverdikkie!«, brüllte er unwirsch und Lilli guckte, als hätte ihr Indianerpferd Paule plötzlich grüne statt brauner Flecken. Dann riss sie die Augen auf, als hätte ihr jemand auf die Zehen getreten, und rief: »Lena, jetzt reicht es aber!«.

»Wieso?«

»Warst du das eben? Warum verstehe ich plötzlich, was Ruben sagt – übrigens etwas, das ich sicher nicht verstehen sollte!«

»Öhm . . .«, murmelte Lena und blätterte verlegen in ihrem Buch. »Ich wollte dir nur helfen, warte, ich schreib schnell noch was zu Englisch, hätte ich ja schon lange machen können, oder?«

»Stimmt allerdings. Und sag mal, die alten Leute da drüben, was sprechen die für eine Sprache?«

»Ich glaube Plattdeutsch oder so, das versteht kein Mensch.«

»So? Ich schon. Die regen sich nämlich gerade tierisch über die Jugendlichen hier auf, die überall ihre Kippen verteilen und in die Büsche pinkeln.«

Lena gluckste. »Du verstehst Platt? Das macht mich platt!« Kichernd kippte sie nach hinten und lachte lauthals.

»Also, ein aufpoliertes Englisch wäre mir lieber gewesen«, meinte Lilli vorwurfsvoll, »oder salonfähiges Französisch.«

»Los, Kinder, räumt zusammen, wir müssen zurück!«, unterbrach Gesa ihr Gespräch und Lillis Annäherungsversuche an Ruben und seine Brüder. Die Essensreste mussten eingesammelt, die Pferde wieder aufgesattelt und Goethe unter dem Berg von Kindern ausgebuddelt werden. Kaum befreit, rannte er zu Tobias, der abseits saß, in die Ferne guckte und ab und zu von einem trockenen Brötchen abbiss. Hechelnd fiel Goethe über das Mini-Ass her und sprang auffordernd bellend um ihn herum. Doch der wehrte ihn müde ab. Da hängt der Weltfrieden aber gewaltig schief, dachte Lena. Und wo war überhaupt Jonas? Sie schaute sich um und glaubte, gleich wieder doppelt zu sehen. Oder besser gesagt: dreifach. Denn Jonas stand zwischen den niederländischen Zwillingen, und hätte sie die drei gerade zum ersten Mal gesehen, hätte sie die Zwillinge garantiert falsch zugeordnet. Jonas und Levi glichen sich wie ein Ei dem anderen, Thijs hingegen war die ältere Kopie von Tobias.

Zu dritt redeten sie ohne Punkt und Komma auf eine bedauernswerte Betreuerin ein, die versuchte, ihre Lunchpakete an hungrige Kinder zu verteilen. Wahrscheinlich würde man die nach dem Camp-Job zum Ausspannen in eines der zahlreichen Sanatorien der Insel einweisen. Mist, jetzt hatte Jonas Lena entdeckt und winkte hocherfreut in ihre Richtung. Schnell schnappte sie ihren Sattel, winkte mühsam mit einer Hand zurück, damit er ja nicht auf die Idee kam, sie hätte hier nichts zu tun oder bräuchte Unterhaltung, und hievte das schwere Teil auf Benni, der schon sauer guckte, weil alle anderen Reiter bereits bei ihren Pferden waren.

»Nicht rumtrödeln«, erhielt sie prompt einen Anpfiff

von Gesa, der aber auch gar nichts entging. »Und wenn du unterwegs absteigen möchtest, dann lässt du den Sattelgurt am besten so locker, wie er gerade ist.«

Noch mal Mist, jetzt hatte sie einen Rüffel kassiert, wurde knallrot und natürlich stand Jonas inzwischen neben ihr und hatte alles gehört. Peinlich. »Na, soll ich dir das Pony beim Aufsteigen halten?«, fragte er breit grinsend.

»Nee, das geht schon.« Sie wollte es Lilli nachmachen, die ihren Paule cowgirlmäßig direkt vor Ruben hatte angaloppieren lassen und der Gruppe hinterherpreschte, die bereits um die nächste Düne verschwand. Also, nichts wie rauf auf Benni. Aber der hatte ja nur Fressen im Kopf und gerade, als sie sich hochschwang, entdeckte er einen unwiderstehlichen Grasbüschel, beugte ruckartig den Kopf, brachte sie damit böse aus dem Gleichgewicht, und nur, weil Jonas sie am Bein zurückzog, rutschte sie nicht gleich auf Bennis anderer Seite wieder hinunter. Ihre Wangen brannten, als sie Benni, dem dummen, verfressenen und nichtsnutzigen Benni, die Fersen in die Seiten rammte und wütend nach Goethe rief, der um Jonas herumschwänzelte. Benni hob erschrocken den Kopf, sah seine Kumpels hinter den Büschen verschwinden und machte einen Satz, dass Lena Helm, Steigbügel und Zügel auf einmal verlor. Immerhin konnte sie sich oben halten und Benni in Richtung Dünen bugsieren. Allerdings boten sie einen ziemlich ramponierten Anblick, als sie die Gruppe einholten.

»Stopp!«, rief Gesa. »Lena, ordne bitte deine Zügel, Steigbügel aufnehmen, Helm gerade und weiter geht's.«

Lena musste nicht in die Gesichter der andern schauen, um die Schadenfreude darin zu sehen. Na danke, der ganze Ausritt war die blanke Katastrophe und nie, nie wieder würde sie Lilli diesen Freundschaftsdienst erweisen. Sie konnte nur hoffen, dass wenigstens Lucas ihren Abgang nicht mitbekommen hatte.

Kapitel 9

*L*eider war das wacklige Gefühl in Lenas Beinen einem fiesen Muskelkater gewichen. Und ihre Pobacken waren von dem ständigen Gehoppel bei Bennis hartem Trab durchgesessen wie Uromas Lehnsessel. Autsch. Deshalb saß sie jetzt unbequem auf halbem Po vor dem Computer und chattete mit Hannah. Am helllichten Vormittag.

Hannah: Wozu braucht ein Pirat einen Scanner?

Lena: Hä?

Hannah: Na, zum Pizzaraubkopieren! *indieeckeschmeiß*

Lena: Hoho, Witz komm raus, du bist umzingelt.

Hannah: Keinen Sinn für Panik heute, oder was?

Lena: Machst du noch was anderes als rumsurfen und Sprüche klopfen?

Hannah: Bei dem Mistwetter? Von wegen Sommerferien!

Lena: Wir surfen auch, bei knalligem Sonnenschein. *neidischmach* Das einzige Mal, dass das Wunschbuch funktioniert hat.

Hannah: Zickt es immer noch rum?

Lena: Zicken? *mussmichmalebenabärgern* Nichts

klappt, so wie ich es schreibe. Alles geschieht verdreht, anders oder gar nicht. Zum Verrücktwerden.

Hannah: Hast du es nicht von Tante Pi? Vielleicht hat sie noch eines?

Lena: Keine Ahnung, trau mich nicht zu fragen, sie ist so mit Pilates-Piet beschäftigt.

Hannah: Pilates-Piet? *ambodenrollundtotlach* Wer ist das denn?

Lena: Tante Pis Verehrer.

Hannah: Und deine Verehrer? Und Lillis?

Lena: Sei nicht so neugierig.

Hannah: Menno.

Lena: Such dir selbst einen.

Hannah: Sag schon.

Lena: Bei Lilli gibt es so einen Vampir, der ist Niederländer, und Lilli versteht jetzt Niederländisch und ganz viele andere Sprachen auch. Zu mir – kein Kommentar.

Hannah: Schon klar, Vampir und kein Kommentar … *absolutambodenliegundkicher* Ernsthaft jetzt: Am Wochenende geht's in die Berge. Österreich, Badesee und Wellnesshotel. Hat Lars ausgesucht, er bekommt Rabatt oder so und er kommt für ein paar Tage dazu. Soll ich mich freuen?

Lena: Klar, jipijipijipijeee. So geht das mit dem Freuen. Wirst viel Spaß haben – beim Wandern, ätsch.

Hannah: Ich mag Wandern.

Lena: War mir irgendwie klar.

Hannah: Blitzbirne. Was ist denn nun mit den Assen?

Konnte Hannah denn nicht lockerlassen? Es war ganz klar Zeit, den Chat nach einem kurzen »Huch, so spät ist es schon, ich muss los«, zu beenden. Sie hatte eindeutig das Gefühl, dass sich Hannah aufs Heftigste in die Online-Communities eingearbeitet hatte. Nach dem Urlaub musste sie mal ein ernstes Wort mit ihr reden. Über die Gefahren und das Suchtpotenzial des Surfens. Was die für Ausdrücke draufhatte! Passte gar nicht zu der Hannah, die sie zu Hause zurückgelassen hatte. Das »ich muss los« war natürlich eine oberfaulige Ausrede gewesen, denn heute war abhängen angesagt, schon alleine wegen ihres geschundenen Hinterns. Nur Lilli war kurz zum Reitstall gesaust, um sich bei Paule für den großartigen Ausritt zu bedanken. Lilli hatte natürlich null Muskelkater und Lena war sich sicher, dass sie es nicht fertigbringen würde zurückzukommen, ohne sich für eine neue Reitstunde angemeldet zu haben. Aber sollte sie nur. Gemeinsam Urlaub machen hieß ja nicht, dass man beständig zusammenkleben musste. Wenn Lena ganz ehrlich war, dann hatte sie den wilden Galopp am Strand auch sensationell gefunden – nachdem sich Benni an einem dornigen Gestrüpp gestärkt hatte, war er nämlich hinter den anderen hergesaust, als hätte er kleine Turbopropellerchen an den Hufen. Es war wie fliegen gewesen. Oder besser noch: wie surfen auf dem Sand. Apropos surfen. Sie würde auf jeden Fall noch einmal richtig surfen gehen, wenn sie sich wieder bewegen konnte. Morgen oder übermorgen. Und klettern. Tante Pi hatte einen ganzen Stapel Prospekte mit Aktivitäten angeschleppt, die für junge Leute angeblich absolut »pink« waren. So auch das Klettern – im Hochseilgarten bei Windstärke sieben. »Da fühlt ihr euch wie auf dem Mast eines Piratenschiffes.« Aus Rache hatten Lilli und Lena darauf bestanden, dass auch Tante Pi den Piratengeist spüren musste, und hatten sie kurzerhand überredet mitzukommen.

In diesem Augenblick kam Lilli zurück. Sie hatten sich am Pool verabredet, um weiter gemeinsam Pläne für den Tag zu schmieden. »Du, Lena . . .«, stotterte sie unglücklich.

»Reitstunden?«, fragte Lena zurück.

»Ähm, für heute Nachmittag war noch ein Plätzchen frei. Ein Mädel ist abgesprungen und da musste ich einfach zusagen. Sie haben versprochen, dass ich Paule wieder haben könnte, weil wir uns doch so gut verstehen und den sonst kaum eine reiten kann und ehrlich, wenn es dir was ausmacht, dann sag ich wieder ab. Es war nur so eine Idee.« Arme Lilli, sie musste schnell von ihren Gewissensbissen erlöst werden.

»Quatsch, geh nur. Ich mach dann mit Goethe einen Spaziergang und suche nach Souvenirs. Und nach Wunschbüchern. Hier gibt's ein paar süße Shops. Und beim Surfen melde ich mich auch noch an.«

»Pass bloß auf die tückischen Strömungen auf, sag ich dir.«

Sie fanden ein Plätzchen mit Liegestuhl und Sonnenschirm direkt am Pool. Die meisten Leute ließen sich am Strand den Wind ins Gesicht peitschen, sodass Lena und Lilli fast für sich waren. Samt Sprungbrettern und Discorutsche. Aber nur bis zum Mittag. Dann wogte die Flut der Camp-Kids heran, die alle Anlagen des Platzes mitnutzen durften, was – so sah das zumindest Lena – mehr als bedenklich war. Aber sie traute sich nicht, etwas dagegen zu schreiben. Zack, wäre der Pool dann vielleicht für die ganze Insel zugänglich. Schwupps, würde bei den Camp-Kids möglicherweise Unterricht ausfallen, sodass sie den ganzen Tag hier wären, oder sonst irgendetwas Schreckliches würde passieren.

»Darf ich mir Goethe ausleihen?«, fragte eine zaghafte Stimme, als Lena nach einem genialen Salto vom Ein-Meter-Brett aus dem Pool kletterte.

»Goethe? Ausleihen?« Also, das kannte sie schon. So hatte Lars, der Banker, anfänglich versucht, eine Freundin zu finden. Er hatte geglaubt, dass keine Frau einem Mann mit Hund und treuherzigem Anbagger-Blick widerstehen konnte. Und dafür hatte er sich Goethe ausgeliehen. Dass ausgerechnet Hannahs Mutter seine Freundin werden würde und er Goethe dafür gar nicht gebraucht hätte – nun, das ahnte ja damals keiner. Aber Tobi, der sie eben so schüchtern angesprochen hatte, der wollte sicherlich keine Mädchen kennenlernen. Der hatte ein helllila schillerndes Auge und blaue Flecken am Arm, wie Lena entgeistert feststellte.

»Wie siehst du denn aus?«

»Bin gestolpert, beim Fußball gestern. Ich mag Fußball nicht.«

»Hm«, machte Lena zweifelnd und strich sich nachdenklich das Wasser aus den Haaren. Wer stolperte, der schlug sich ein Knie auf. Oder das Kinn. Manche brachten es auch fertig, sich beim Kicken den Fuß oder die Nase zu brechen. Aber blaue Flecken bekam man von Prügeleien und Rempeleien oder wenn man heftig gegen etwas stieß. Ein Blick in Tobis verschlossenes Gesicht zeigte ihr, dass sie nicht weiter nachfragen sollte. Zum Glück gab es Goethe, den Guten. Der war nicht nur gut gegen Heimweh, sondern auch gegen heimtückische Peiniger. Er war sozusagen ein Allheilmittel.

»Komisches Fußball, das ihr da spielt«, meinte sie schließlich. »Goethe ist mit Tante Pi am Strand. Sag ihr einfach, ich hätte dich vorausgeschickt und würde gleich nachkommen. Sie hat in ein paar Minuten ihr Pilates-Training.«

»Ich glaub, die finde ich. Ist das die mit den strubbeligen Haaren und dem pinken Leintuch um den Bauch?« Also wirklich, Tante Pis neu erworbenes, sündhaft teures Pareo-Tuch war doch kein Bettzeug!

Aber da trollte sich Tobi bereits mitsamt seiner ganzen Trostlosigkeit. Irgendwie war ihr die Lust am Saltoüben vergangen und wie auf Kommando meldete sich auch ihr Muskelkater wieder.

»Hast du den Hammersalto gesehen? Der war fast perfekt, es hat nur ein bisschen geklatscht und kaum gespritzt!« Lilli kletterte hinter ihr aus dem Becken und versuchte, dabei eine gute Figur zu machen, denn in diesem Moment rauschte ein Haufen Jungs an, rannte zum Pool und schmiss sich ohne Zögern in die Fluten, als wären sie in die Freiheit entlassene Häftlinge. Leider waren die »richtigen und wichtigen« nicht dabei, wie Lena und Lilli mit ultraschnellem Scanner-Blick feststellten.

»Sorry, Lilli, eben war Tobi hier und ich hab deinen Sprung glatt verpasst. Willst du noch einmal? Mir wird's langsam zu voll hier.«

»Nee«, Lilli warf einen abschätzigen Blick auf den Pool, der sich in eine vor Menschen brodelnde Wassermasse verwandelt hatte. Wie wenn man ein Stückchen Brot in einen Forellenteich warf. Weniger Wasser als Leute, könnte man meinen. Auch die Warteschlangen an Rutschen und Sprungbrettern waren lang geworden, da lohnte sich das Saltoüben nicht mehr. »Nein, lass mal gut sein. Ich muss mich sowieso bald fürs Reiten umziehen und überhaupt, was gibt's eigentlich zum Mittagessen?«

Sie trockneten sich ab und rafften gerade ihre Handtücher zusammen, als Lucas näher kam.

»Habt ihr Tobi gesehen?«

»Deinen Bruder?«, fragte Lilli ziemlich intelligent.

»Wen sonst? Er ist weg.«

»Er wollte sich Goethe ausleihen und runter zum Strand«, erklärte Lena.

»Verdammt, wir waren hier verabredet, er soll nicht alleine weggehen«, schimpfte Lucas mürrisch. Seine sonst eher nachdenkliche Miene verdunkelte sich, als wäre er der König der Piraten. Die dunklen Haare flatterten im Wind, die samtenen Augen blickten sorgenvoll in die Ferne. Er sah zum Heulen verwegen aus, ein Piratenkapitän, auf dessen starken Schultern die Verantwortung für Schiff und Mannschaft lag. Auge in Auge mit den Gewalten der Natur, ein Held im Angesicht des Orkans. Ein klitzekleines Seufzerchen stahl sich über Lenas Lippen.

»Goethe passt schon auf ihn auf«, sagte sie schnell und versuchte, sich nicht anmerken zu lassen, wie beeindruckt sie war. »Es geht Tobi nicht so gut, oder?«

»Alles bestens, kümmere dich am besten gar nicht drum«, grollte der Piratenkönig und machte sich auf zum Strand, seinen Bruder zu retten. Doppelt armer Tobi. Jetzt hatte er nicht nur seinen eigenen Kummer, sondern auch noch seinen zornigen Anverwandten an der Backe. Lena beschloss, den beiden nachzugehen, schon allein, um Goethe in Empfang zu nehmen. Gemeinsam mit Lilli schlenderte sie zum Meer.

Dort braute sich gerade etwas zusammen! Das konnte Lena trotz Gegensonne und vor Wind tränenden Augen sehen. Mit in die Seiten gestemmten Armen stellte sich Tobi gegen einen Mann und einen Trupp

Jungs, Goethe in Angriffshaltung neben sich, als wären sie zwei Hunde, die ihren Riesenknochen vor einem Rudel Hyänen verteidigten. Lucas war schon fast bei seinem Bruder angelangt, als Lena erkannte, dass Goethe wahrhaftig die Zähne bleckte, die Nackenhaare aufstellte und ein dröhnendes Knurren vernehmen ließ, das locker Wind und Wellen übertönte. Goethe benahm sich, als hätte er seinen Lieblingshundefeind Theo auf der anderen Straßenseite entdeckt!

»Aus, Goethe, aus!«, schrie Lena. Das würde ihr gerade noch fehlen, dass Goethe wegen schlechten Benehmens Strandverbot erhielt. Er sah wirklich zum Fürchten aus und sie verstand, dass auch Lucas einige Schritte entfernt stehen geblieben war.

»Goethe, komm sofort hierher!« Natürlich kam er nicht. Er musste Tobias beschützen, das konnte jeder sehen. Die Frage war nur, warum brauchte Tobias Schutz und vor wem? Der Mann sah aus wie einer der Camp-Betreuer, komplett im Öko-Stil, Rauschebart, Zauselhaare mit beginnender Stirnglatze und Jesuslatschen inklusive. Hätte er nicht so streng dreingeschaut, hätte er Ähnlichkeit mit einem Riesenteddy gehabt. Doch jetzt glich er einem wütenden Grizzly. Und der Jungstrupp, ausgestattet mit Fußball und Trillerpfeife, wollte offensichtlich zum Beach Soccer. Warum hielten die sich mit Tobi auf?

Jetzt hatte Tobi entdeckt, dass Hilfe nahte. »Sie wollen, dass ich beim Fußball mitmache, ich will aber nicht!«, schrie er in höchster Not, als ginge es nicht um einen faden Kick am Strand, sondern um gegrillten Tobi-Burger. Obwohl Lena absolut kein Fußballfan war, konnte sie sich nicht vorstellen, was Tobi daran so entsetzte – es sei denn, man »stolperte« andauernd während des Spiels. Außerdem: Es war schlimm, wenn man etwas partout nicht machen wollte, aber von höheren Mächten dazu gezwungen wurde. Ballett zum Beispiel. Lena konnte sich noch gut daran erinnern, wie es gewesen war, als man sie ein halbes Jahr jeden Dienstag heulend in den Ballettunterricht geschleppt hatte. Die Hölle. Aber so geschrien wie Tobi hatte sie damals nicht.

»Du hast dich eingetragen und du bist eingeplant. Drückeberger gibt's nicht, komm, deine Mannschaft wartet.« Puh, da war ein Marine-Major aus einem Kinofilm entsprungen, hatte sich als Grizzlybär verkleidet und einen fürsorglichen Camp-Onkel verschluckt.

»Ich hab mich nicht eingetragen, das waren die da, die wollen mich ärgern. Ich hasse Fußball!«, schrie Tobi wieder und Goethe knurrte zur Unterstützung wie eine wild gewordene Zwiebel. Ein letztes Mal, denn Lena war jetzt neben ihm und schnappte sein Halsband.

»Dir gehört also dieses gefährliche Biest? Er ist eine Bedrohung für die Kinder!«

»Er mag keine Grizzlybären«, hätte Lena fast gesagt, schluckte die Bemerkung aber gerade noch hinunter.

»Ich werde für Tobi Fußball spielen«, meldete sich jetzt Lucas. Er klopfte seinem Bruder aufmunternd auf die Schulter. »Dann ist die Mannschaft komplett und Tobi ist draußen. Er ist sowieso ab morgen fürs Reiten eingetragen und hat keine Zeit mehr.«

Ein zorniger Blick traf Lucas. Der Camp-Grizzly fühlte sich in seiner Autorität untergraben, aber für Lena war die Gelegenheit günstig, sich und ihren Goethe aus der Schusslinie zu nehmen.

»Lass mal Lucas.« Die Asse waren nun komplett, denn auch Jonas war wie aus dem Nichts aufgetaucht. »Ich weiß doch, wie doof du Fußball findest. Wenn sie noch einen in der Mannschaft brauchen, dann spiele ich mit.« Der Grizzly wurde wieder zum Kuschelbären, so verwirrt war er von der Tatsache, dass er nun statt eines Unfreiwilligen zwei Freiwillige zur Verfügung hatte.

»Tobias muss aber mitspielen«, ertönte da eine Stimme aus dem Hintergrund. Guck an, Maulwurf, der Beinsteller, war auch da. Sein hinterhältiger Ausdruck und seine angriffslustige Stimme enttarnten ihn als Unruhestifter. Er plusterte sich auf, drängelte nach vorn und baute sich vor dem Betreuer auf. »Er hat sich eingetragen. Wir wollen Tobias und keinen anderen.« Ein weißer, wurmähnlicher Finger schnellte hervor und zeigte auf Tobi, der erschrocken einen Schritt zurücktrat.

»Klappe, Bram«, herrschte der bärtige Bär den Kerl

ungerührt an. »Jonas kommt mit, ihr wollt doch gewinnen, und so wie ich das sehe, ist Jonas der richtige für euer Team. Wenn ein Spieler keine Lust hat, könnt ihr genauso gut einen Plüschteddy aufs Feld stellen«, traf er seine Entscheidung und Lena fand, dass er sich mit einer ganz ausgezeichneten Bemerkung aus der Affäre gezogen hatte. Bram kniff bösartig die Augen zusammen. »Loser«, zischte er in Tobis Richtung. Der würde so schnell nicht aufgeben. Seinen Frust ließ er vorerst an Lena ab. »Du und dein gemeingefährlicher Hund, ihr kriegt noch Ärger, dafür sorge ich.«

Lena war wenig beeindruckt. Pfff, da hatte sie schon ganz andere Typen in den Griff bekommen. Gemeinsam mit Lucas, Lilli, Tobias und Goethe schauten sie dem Fußball-Trupp nach.

»Alles klar, Kleiner?«, fragte Lucas und schlug seinem Bruder schon wieder auf die Schulter. Vielleicht hatte Tobi die blauen Flecken vom Schulterklopfen.

»Geht schon. Das sind vielleicht Deppen. Die können mich einfach nicht in Ruhe lassen.« Seine Stimme vibrierte bedenklich.

»Der Maulwurf mit den Karoshorts und dem Spießer-Polohemd?«, versicherte sich Lena.

»Ja, Bram. Es gehören aber noch ein paar andere dazu.« Oje, der arme Tobi. So ein paar Ätzer konnten einem die Ferien ganz schön vermiesen.

»Aber warum denn? Und warum lässt du dir das gefallen?«

Tobi murmelte unglücklich etwas von »weil wegen ist halt so und schon alles versucht« und drehte nervös Goethes Wuschelhaare zwischen seinen Fingern.

»Komm, Kleiner, wir gucken mal in die Musikschmiede. Ich lege heute Abend beim Karaoke auf, da muss ich noch ein paar Titel runterladen. Magst du mir helfen?« Tobi nickte und ging mit Lucas davon.

»Machst du beim DJ-Wettbewerb mit?«, rief Lena ihnen mutig nach.

»Nee, hab die Anmeldung verpasst. Außerdem sind die anderen ganz schön stark. Hätte wahrscheinlich keine Chance. Ist just for fun heute.«

»Ah so. Wir kommen heute Abend, oder Lilli?«

»Sowieso!«, rief die laut, damit Lucas sie auch ganz sicher hörte.

Vor dem Mittagessen, das heute aus einem sandigen Brötchen aus der Strandbar bestand, erledigte Lena ihre Einträge ins Wunschbuch. Da war doch wieder eine ganze Menge zusammengekommen: Lucas sollte am DJ-Wettbewerb teilnehmen und natürlich gewinnen, Tobi brauchte ein dickes Paket Mut und Stärke für die nächsten Tage und Jonas, der bekam zur Belohnung für seinen selbstlosen Einsatz den Sieg beim Fußball-Turnier zugeschrieben. Als endlich auch Lilli mit Lenas Formulierungen zufrieden war, trollte sie sich zu ihrer Reitstunde und Lena blieb am Strand zurück, wo sie müde in die Sonne blinzelte. Bald würde sie zu einem großen Spaziergang mit Goethe aufbrechen und ein wenig nach Mitbringseln schauen. Aber erst noch ein bisschen ausruhen ...

Als sie schließlich nach Goethe pfiff, dauerte es eine ganze Weile, bis er hinter der Strandbar auftauchte.

»Im Müll wühlen gibt es aber nicht«, schimpfte Lena, die immer gleich das Schlimmste annahm. Aber damit lag sie völlig falsch. Goethe zog eine verletzte Hundemiene und trottete unlustig neben ihr her, ganz das verkannte Hundeengelchen. Strand war langweilig. Hinter der Strandbar, da war es spannend, denn da war sie. Sie, das war das süße Hundemädchen mit den blonden Zöpfchen, Hippie-Blumenhalstuch und Plastikblümchen, die ihr jemand liebevoll in ihr Fell geflochten hatte. Doch jetzt hatte ihm sein Frauchen einen dicken Strich durch die Rechnung gemacht.

»Gibt es heute nur knatschige Gesichter hier?«, beschwerte sie sich auch noch. »Was ist denn mit dir los? Hier müsste doch das Paradies für dich sein!« Erst als sie Goethe einige Meter über den Sand gezerrt hatte, fiel Lena auf, dass sich Goethe immer wieder umschaute. Mit einigem Abstand folgte ihnen das Hundemädchen und konnte seinen Blick gar nicht von Goethe wenden. Seine Augen hingegen gaben Lena zu verstehen, dass das Paradies nur da sein konnte, wo auch seine Liebste war. Endlich kapierte Lena, was Sache war.

»Ach so! Goethe, sag das doch gleich.« Sie ging in die

Knie und lockte das Hippiehündchen näher. Sehr zu Goethes Freude, der überschwänglich mit seinem Schwanz wedelte. Die Kleine kam tatsächlich ganz zutraulich heran, schnupperte vorsichtig an Lenas Hand und ließ sich streicheln. »Hast du aber schöne Blumen im Fell, schade, dass ich das bei Goethe nicht auch machen kann. Aber was soll er mit Blümchen. Ihm könnte ich Würstchen oder Knochen ins Fell binden.«

Nach der netten Begrüßung glaubte das Hundemädchen, willkommen zu sein, und trottete selig neben Goethe her, der mindestens ebenso verliebt dreinschaute wie sie. Lena war ratlos. Sie konnte doch nicht einfach einen wildfremden Hund mitnehmen. Aber egal, was sie unternahm, die kleine Hundedame tauchte immer wieder hinter ihnen auf. »Na gut, dann nehme ich dich eben mit, du Hippie-Braut. Du musst aber brav sein. Wir gehen ein Stück am Strand entlang, dann ins Dorf und ich durchkämme die Souvenirläden nach einem Mitbringsel für Mama und Hannah, ja?«

Sie musste Goethe und seiner neuen Freundin ja nicht auf die Hundenase binden, dass sie mit einem halben Auge nach Büchern Ausschau halten wollte, die ihrem Wunschbuch ähnlich sahen. Mit passendem Stift möglicherweise. Goethe würde diese Neuigkeit sonst gleich per Pinkel-Info an dem nächsten Baum hinterlassen so nach der Art: »Hey, Jungs und Mädels passt mal auf, mein Frauchen Lena sucht nach einem neuen Wunschbuch, ist das nicht zum Kaputtlachen?«

Als sie zwei Stunden später zum Campingplatz zurückkehrte, hatte sie nichts dabei außer einem Anmeldezettel für das nächste Surftraining und einem Beutel voller Muscheln. Sie konnte einfach nicht an den schönen Teilen vorbeigehen, die da weiß oder in einer Skala von Schwarz bis Rosarot im Sand funkelten, ohne sich zu bücken. Sie war eben doch eine Sammlerin. Siehe Wunschstift, den sie ja auch in einem Blumenbeet gefunden hatte. Nun ja, es würde eben Muscheln als Souvenir geben, wenn sie keine anderen Mitbringsel für Hannah oder ihre Mutter finden konnte. Ganz und gar zauberfreie Muscheln sogar, denn von einem Ersatz-Wunschbuch gab es keine Spur.

Kapitel 10

Hannah: Jesus geht mal wieder übers Wasser, da ruft ihm ein alter Pirat zu: Kannst du nicht schwimmen, oder was?

Lena: Oh, Hannah, das wird ja immer schlimmer mit dir. Das macht die Langeweile. Zeit für die Berge.

Hannah: Ein Norddeutscher macht Urlaub in Tirol, geht spazieren und trifft einen alten Bergbauern. ›Na, herrlicher Tag heute, nicht?‹ – ›Jaja‹, sagt der Tiroler. ›Viele schöne Berge haben sie hier!‹ – ›Jaja.‹ – ›Wunderbare Luft!‹ – ›Jaja.‹ – ›Aber viele dumme Leute‹ – ›Jaja, aber die fahren nach den Ferien alle wieder heim.‹

Lena: Ehrlich, *garnichtlachsondernsorgenmach*.

Hannah: *Vollfettweinundheulvorlach*

Lena: Hannah, ist ein gefährlicher Computervirus in dich gefahren?

Hannah: Hat dir der Nordwind den Humor aus dem Kopf gepustet?

Lena: Seufz, wir haben hier echt Probleme.

Hannah: Lena 13 an Hannah 1 – Houston, wir haben ein Problem.

Lena: Ich ignorier das jetzt mal. Ich glaube, Tobias hat Ärger. So richtig. Der ist superunglücklich.

Hannah: Hm, aber erzählt nichts?

Lena: Nein, der macht dicht wie eine Muschel auf dem Trockenen. Nur Goethe schüttet er sein Herz aus und der petzt nicht.

Hannah: Abwarten oder Wunschbuch einsetzen, meine ich.

Lena: Hab das Buch schon eingesetzt, das Ergebnis kenne ich noch nicht. Es ist nur ein bisschen riskant momentan. Du weißt schon. Habe nach Ersatz geschaut, finde aber auf der ganzen Insel nichts.

Hannah: Alle Souvenirläden abgeklappert?

Lena: Alle, die ich kenne. Heute Mittag mit Goethe und seiner neuen Liebe.

Hannah: Was, neue Liebe? So ein Casanova.

Lena: Genau.

Hannah: Wenn Tobis Brüder nicht helfen können, dann nur das Buch. Oder die Eltern, aber die sind ja nicht da.

Lena: Eben. Mal sehen, was passiert.

Hannah: Abendprogramm?

Lena: Karaoke – und Lucas ist DJ.

Hannah: So, Lucas, nicht Maxi-Ass?

Lena: Kein Kommentar.

Hannah: *Kicherkicher* Viel Spaß! Schick doch mal ein Handy-Foto von Lucas, äh, Maxi-Ass.

Lena: Spinnst du? Wenn der bemerkt, dass ich ihn fotografiere, Horrorshow, das geht gar nicht.

Also, diese Hannah. Wenn Lena daran dachte, wie schüchtern und verzagt sie noch vor wenigen Wochen gewesen war. Nicht wiederzuerkennen! Jetzt war es aber höchste Zeit für das Karaoke-Event. Schon seit einiger Zeit strömten die Massen zum Pool, wo die Veranstaltung stattfinden würde. Lilli, die heute ihren Blog geschwänzt hatte, und Tante Pi standen in einem Pulk von Leuten und lästerten schamlos über die Anwesenden.

»Also, ich finde, er sieht aus wie Brat Pitt«, schwärmte Tante Pi eben. »Ich liebe Brat Pitt.«

»Der ist doch blond, oder? Nun, dann passt Brad Pitt nicht, außerdem hat er momentan ganz kurze Haare und einen Zwergziegen-Bart«, warf ein füllige Dame im Walfischoutfit besserwisserisch ein.

»Quatsch, der ist schon längst wieder ab«, wusste Lilli.

»Na, dann eben Pierce Brosnan. Oder Michelle Piccoli«, verteidigte sich Tante Pi.

»Die sind doch uralt. Leben die überhaupt noch? Also wirklich, Tante Pi, da musst du dir schon jemanden anderen einfallen lassen. Wie wär's mit ein paar prächtigen Vampiren als Vergleich?

»VamPIre? Nun, das ginge gerade noch, aber mir sind handfeste Piraten bedeutend lieber.«

»Von wem redet ihr überhaupt?«, wollte Lena wissen. Wer zum Teufel trank Piccolos und wo sah jemand aus wie James Bond? Und wieso schon wieder Piraten und Vampire? Sie hatte gedacht, es ginge um Karaoke und nicht um Karneval.

»Tante Pi meint, dein Lucas sieht aus wie Pierce, Piccoli oder Pitt«, klärte Lilli sie auf. »Und ich finde ...«

»Och nee, bitte, ihr beide seid ja schlimmer als Hannah. Die quatscht auch nur Unsinn. Wo steckt denn dein Piet, Tante Pi?«

»Der moderiert gleich die Show, ich bin gespannt wie eine Pinzette.«

»Piet piesackt pickelige Piepmatze«, alberte Lilli.

»Piensige Pinscher piepen an Piets Pilzkopf«, erklärte Lena ernsthaft.

»Pf, Ruhe, sonst fahren wir nächstes Jahr an den Pilsensee«, meinte Tante Pi beleidigt, aber es klang eher wie »Pfiihihihi«, als sie sich schnell der Bühne zuwandte.

Lucas war gut, ganz abgesehen davon, dass er hinter dem DJ-Pult noch viel fantastischer aussah als sonst. Leider waren auch viele der anderen Anwesenden nicht blind und Lena musste manchmal kräftig schlucken, wenn sie ein hübsches Mädchen sagen hörte »Oh, ich würde sterben für Lucas« oder »Heute hat er mir zugelächelt, ich glaube, er kennt sogar meinen Namen«. Und wie sie dann die Augen verdrehten. Ekellachhaft.

Weniger gut bis oberpeinlich waren die Teilnehmer am Karaoke-Wettbewerb. Lena wollte ja nicht undankbar sein, aber als die hilfreiche Herrenmannschaft, die beim Zeltaufbau so beeindruckend gewesen war, auftrat und englisch-polnische Lieder schmetterte, da wünschte sie sich von Herzen, sie wären beim Zeltaufbauen geblieben.

Piet und Lucas ließen sich von der gnadenlosen Unfähigkeit der Kandidaten nicht beeindrucken und schmissen die Show so souverän, als hätten sie wochenlang dafür geübt. Hoffentlich klappte der Eintrag in Lenas Wunschbuch, dass Lucas am DJ-Wettbewerb teilnehmen konnte. Gewinnen würde er auch ohne Wunschbuch, da war sich Lena sicher.

Auf dem Rückweg zum Zelt erklärte Tante Pi das straffe morgendliche Programm.

»Ich hatte das große Glück, euch mit den Camp-Kindern für den Hochseilgarten anmelden zu können. Dann seid ihr nicht so allein und habt junges Volk um euch herum. Das wird bestimmt ganz prima. Ich klettere auch. Bin ja noch kein altes Piece, nicht war?«

»Spitze, mit den Camp-Kids. Wir hätten uns ja gleich dort anmelden können, wenn wir sowieso immer mit denen zusammenhängen«, moserte Lena.

»Ich wollte reiten«, muckte Lilli auf.

»Und ich surfen.«

»Piepegal, wir klettern! Ihr werdet sehen, das wird ganz pink.«

So kam es, dass sie am nächsten Tag in aller Frühe mit unförmigen Helmen auf dem Kopf in der Morgensonne standen, sich die frösteligen Hände rieben und den Erläuterungen des Klettertrainers lauschten. Lena zupfte nervös an einer Haarsträhne, die vom Helm so unmöglich an den Kopf gepresst wurde, dass sie ihr immer wieder über die Nase hing und schrecklich kitzelte. Diese Helme waren einfach grausig. Ihrer war mit bunten Käfern bedruckt, was nicht so verwunderlich war, wenn man wusste, dass sie einen Kinderhelm trug. Lilli, die Verräterin, hatte sich den letzten Helm für Erwachsene geschnappt, obwohl ihr Kopf hundertprozentig kleiner war als Lenas. Ihr Käferhelm drückte schon jetzt an den Ohren. Neidisch guckte sie zu Lilli mit ihrem dunkelblauen Helm und grinste. Auch Lilli sah bescheuert aus. Gar nicht schick wie mit ihrem Reithelm, eher zum Losbrüllen. Lilli fühlte Lenas Blicke und schaute sie an. Erst guckte sie grimmig, dann streckte sie ihr die Zunge raus und lachte los. Also sah Lena genauso dämlich aus wie Lilli. Irgendwie unerfreulich.

»Wenn sich die Damen beruhigt haben, dann können wir weitermachen. Alle, die zum zweiten Mal ermahnt werden, bekommen den orangefarbenen Helm. Auf die Orangehelme wird besonders geachtet, bei einem weiteren Vergehen gibt es Kletterverbot. Alles klar?«

Umpf, machten Lilli und Lena und würgten das Lachen hinunter, als wäre es eine Portion klebriger Frühstücksflocken. Orangefarbener Helm, nein danke, dann doch lieber Käferchen.

Fünf Einführungskurse gab es. Einen für die Erwachsenen, in dem Tante Pi andächtig lauschte und an ihren Haken nestelte, und vier für die Kids. Die Asse und ihre Doppelgänger waren natürlich auch dabei. Samt Maulwurf-Bram. Der war ausgerechnet in ihrer Gruppe, zusammen mit Ruben und Tobi. Sehr zu Lillis Freude, die mehr zu Ruben schaute als auf den Trainer und zufällig immer näher zu den Jungs rutschte. Mann, so blind konnte der doch gar nicht sein, dass er nicht kapierte, dass Lilli ihn anschmachtete. Immerhin stand ihm der Helm. Einen schönen Vampir kann eben nichts entstellen. Tobi stand mit hängenden Schultern neben ihm.

Als es schließlich hoch hinaus ging, blieb wenig Zeit herumzuschmachten. Jeder war mit sich selbst beschäftigt und führte seinen eigenen Kampf gegen wackelige Masten, schwankende Baumstämme oder schlicht und einfach die Höhe. Die winzig dünnen Seile und Kletterhilfen zwischen den Masten brauchten alle Aufmerksamkeit. Jeder falsche Schritt konnte zum Absturz führen. Jeder Fehlgriff machte einen zum Kandidaten für den Deppenpokal des Tages. Am schlimmsten war es, wenn es zu einem Stau kam und man auf einer Plattform warten musste. Dann hatte man Zeit, in die Tiefe zu schauen, oder konnte genau spüren, wie der Wind an den Pfosten rüttelte. Kein Wunder, wenn da so manch einem schummrig wurde. Gott sei Dank hatten weder Lilli noch Lena Höhenangst. Tante Pi schon. Mit erleichtertem Lächeln ließ sie sich nach dem dritten Mast von einem der Helfer abseilen.

»Juhuuu«, winkte sie ihnen fröhlich zu, »ich bin eben doch eine Flachlandpiratin!« War das jetzt peinlich oder sollten sie froh sein, dass Tante Pi den Mut gehabt hatte abzubrechen? Lena fühlte sich auch nicht zu Hause hier oben, aber aufgeben? Niemals. Das Gefühl, einen tiefen Abgrund überschritten oder eine komplizierte Übung bewältigt zu haben, war viel zu großartig, als dass sie ans Aufgeben denken wollte. Außerdem sahen die Jungs ja zu. Das war Grund genug durchzuhalten.

Als sie den zweiten Parcours fast geschafft hatten und versuchten, ihre verhedderten Haken zu entwirren, ertönte der Schrei. Der erste. Es folgten noch ganz viele weitere, einige Sekunden später, aber der erste war hoch wie ein Möwenschrei gewesen und so gellend laut, dass sich alle erschrocken umdrehten. Lena griff nach Lillis Hand. Direkt hinter ihnen schwankte Tobi auf der höchsten Plattform des Mastes. Was machte er denn da oben, die war doch nur für Erwachsene zugelassen! Da! Er schwankte, klammerte sich fest, machte dann einen Schritt nach vorne, zuckte wieder zurück, riss die Arme nach oben und . . . stürzte. Entgeistert verfolgten Lena und Lilli das Geschehen. Offensichtlich hatte er seine Sicherungshaken nicht eingehängt und offensichtlich war der Sturz geplant, denn Tobi landete wohlbehalten in einem Kletternetz, das zu einer tieferen Station gehörte, und krallte sich fest. Er war in Sicherheit. Die Erleichterung breitete sich in Lena aus wie die Wärme eines heißen Kakaos nach einem kalten Herbstausflug. Trotzdem baumelte er nun dort oben in dem Netz wie das Opfer einer Riesenspinne und würde von den Betreuern heruntergeholt werden müssen.

Hektische Betriebsamkeit folgte auf dem Boden. Hier oben waren Lena und Lilli ja ebenso hilflos wie Tobi. Lena hätte sich gerne sofort abgeseilt, ihr Wunschbuch geschnappt und Tobi unversehrt geschrieben. Was hatte ihn nur dazu gebracht, dorthinauf zu klettern und sich herunterzustürzen? Ihr Blick schweifte zurück zum Mast. Bram und Ruben standen auf der Plattform unterhalb der, von der Tobi gestürzt war. Eine Leiter führte nach oben. Wenn man sich nicht vorschriftsmäßig sicherte, konnte man im Nu hochklettern, ohne dass die Aufpasser etwas bemerkten. So musste es gewesen sein. Aber warum? Er war doch kein Albatros oder Klippenspringer? Auf die Entfernung konnte sie nichts erkennen. Nur Ruben, der die Schultern anhob und den Kopf schüttelte, als er ihren Blick bemerkte. Bram nestelte an seinen Gurten und tat, als ginge ihn ganze die Aufregung nichts an.

Gut, dass wenigstens Tante Pi schon unten war. Sie wuselte hinter dem Rettungsteam her, gab kundige Tipps, wie Tobi am besten in Sicherheit zu bringen war, nahm ihn schließlich entgegen und umschloss ihn sanft mit ihren Armen, die ihn und seine versteinerte Miene wie die Schwingen eines Engels umfingen. Das konnte doch keinen kaltlassen, so ein Sturz. Was war nur los mit ihm? Sollte er nicht erleichtert sein? Oder wenigstens ordentlich heulen?

Lilli knuffte sie in die Seite. »Los, wir müssen weiter, wir können hier nicht festwachsen.«

»Ja, ich mach ja schon.« Lena hakte sich in die Übung ein und kletterte eilig, aber mit wackeligen Knien voran. Der Spaß war weg. Mit Tobi abgestürzt.

Als alle endlich von den Kletterstationen herunter waren und sich am Boden versammelt hatten, umringten zahlreiche kleine Grüppchen Tobi. Der saß inmitten des Trubels, als wäre er hier nur unwichtiges Zubehör und nicht die Tagessensation. Sein Gesicht hatte er auf bewährte Weise in Goethes Fell vergraben, der sich in bester Plüschtierart gutmütig als Trostspender benutzen ließ.

Lucas stand neben ihm und diskutierte mit den Betreuern, ob der Ausflug abgebrochen werden sollte oder ob nur Tobi Kletterverbot erhielt und warum er »so etwas« getan hatte. Wie wäre es, wenn ihr ihn mal fragt, hätte Lena gerne gerufen, doch außer Tante Pi, die ihn noch immer bemutterte, schien sich niemand um Tobi selbst zu kümmern. Vorwürfe, Strafen, Regeln prasselten wie dicke Hagelkörner auf ihn ein. Tja, passierte wohl nicht allzu oft, so ein tollkühner Sprung ins Nichts.

Lena hockte sich neben Goethe und Tobi. »Der arme kleine Pimpf«, raunte ihr Tante Pi zu und räumte sichtbar erleichtert über die Ablösung ihren Platz, »er muss ja schon tief im Pieselbecken stecken, dass er so etwas macht.«

»Sag mal, Tobi«, fing Lena an und streichelte ihrem Hund die wuscheligen Ohren. »Hat dieser Bram was damit zu tun? Oder Ruben? Warum haben die dich denn nicht daran gehindert hinaufzuklettern?

Keine Antwort. »Ich meine, die sind doch älter und größer . . .«, sinnierte sie.

Schweigen. »Also, wenn vor meiner Nase so ein Knirps wie du nach oben klettern würde, dann hätte ich ihn wieder runtergeholt, echt.«

»Schnüff«, machte es in Goethes Fell. Aha. »Bin kein Knirps.« Nun ja, wollte Lena schon erwidern, aber er sprach weiter. »Ich hab nur schauen wollen, wie das ist. Ich hab mir nichts dabei gedacht, aber plötzlich so viel Mut gehabt. Es ist doch nichts passiert.«

Hm, so würde das Lena nicht sehen, aber immerhin reagierte er. Lilli setzte sich zu ihnen. »Du hast uns einen Schrecken eingejagt, das ist passiert. Und du hättest richtig abstürzen können, dann wär's aus gewesen mit dir. Komplett aus.«

»Schnüff«, machte Goethes Fell wieder und jemand zog geräuschvoll die Nase hoch. »Ich habe aber Mut gehabt, so richtig viel. Und Bram hat gemeint, nur wer viel Mut hat, der macht so etwas. Und Ruben hat genickt. Und meine Eltern wären endlich gekommen, wenn was passiert wäre.«

Herrje, die Sache mit dem Mut. Was hatte Lena doch gleich in ihr Wunschbuch geschrieben? Dass Tobi Mut haben sollte und Stärke, meine Güte, das war ja gründlich schiefgegangen. Ihr fuhr der Schrecken gleich noch einmal in die Glieder. Das hieß, wenn Tobi etwas passiert wäre, dann wäre sie . . . Nicht daran denken, beschloss sie, es war ja gerade noch einmal gut gegangen. Aber wenn sich Tobi seine Eltern wünschte, dann konnte sie etwas für ihn tun, das konnte ja nicht so schwierig zu wünschen sein.

»Ruben hat genickt? Und dich nicht überredet, unten zu bleiben?« Lilli war sichtlich betroffen. »Was ein Blödmann.«

»Der eigentliche Blödmann ist ja wohl Bram, der hat Tobi angestachelt«, versuchte Lena, Lilli zu trösten.

»Nein, das gilt nicht. Ruben hätte eingreifen müssen.«

Die Betreuer hatten mittlerweile das Urteil gefällt und beschlossen, Tobi zum Camp zurückzuschicken. Mit Bewachung. Außerdem hatte er sich Kletterverbot, eingeschränktes Freizeitangebot und zwei zusätzliche Schichten bei der Essensausgabe eingehandelt, damit er »begriff, dass wir in einer sozialen Gemeinschaft leben und keine Quertreiber dulden«.

Schäbig, verurteilte Lilli das Urteil. Ungerecht und Thema verfehlt, befand Lena. Beide hatten gar keine Lust mehr, sich in luftige Höhen zu begeben. Aber Tante Pi stülpte ihnen kurzerhand wieder die Helme auf die Köpfe und trieb sie wie zwei ausgebüxte Schafe zu einer Gruppe zurück, die eben erneut nach oben stieg. »Das ist wie beim Reiten. Runterfallen, sofort wieder aufsitzen. Lilli, du müsstest das doch wissen. Wenn ihr euch von solchen Pisimatenten aus der Ruhe bringen lasst, klettert ihr nie wieder, und das macht doch solchen Spaß.«

»Das heißt Fisimatenten«, grinste Lena wider Willen.

»Na, geht doch«, jubelte Tante Pi und zwinkerte ihr verschmitzt zu.

Nach dem Kletterpark-Abenteuer ächzten nun wirklich alle Muskeln in Lenas Körper, auch die, die nach dem Reiten verschont geblieben waren. Also war es für sie gar keine Frage, dass der Nachmittag absolut sportfrei verlaufen musste. Lieber begleitete sie Lilli zum Reiten, würde sich in dem kleinen Café dort mit einem Buch in die Sonne setzen und später vielleicht einen kleinen Abstecher zum Pool machen. Umso größer war ihre Überraschung, dass sie die drei Asse, ihre holländischen Doppelgänger und noch einige mehr aus dem Camp ebenfalls im Reitstall antrafen. Nirgendwo hatte man Ruhe vor denen, die Insel war echt zu klein für sie alle.

Lernten die eigentlich nie? Lena glaubte, sich zu erinnern, dass in ihren Lern-Camps immer feste Unterrichtszeiten vorgesehen gewesen waren.

»Na, kein Hausarrest?«, begrüßte sie Tobi, der enthusiastisch einen kleinen Dicken striegelte, der bald durchgescheuert sein würde, wenn er so weitermachte.

»Reiten darf ich. Und ich will reiten lernen. Am liebsten mit dem da«, er nickte zu Paule, der neben seinem Pony angeleint stand, »aber dafür muss ich noch üben.«

Hoffnung funkelte in seinen Augen und Hoffnung machte offensichtlich redselig und zutraulich. Tobi bearbeitete den buschigen Schweif des Ponys mit einer groben Bürste. »Nein, nicht so!«, kreischte Lilli erschrocken. »Ein Haar braucht Jahre, um so lange zu wachsen und du zupfst zehn davon mit einem Strich aus. Das macht man mit der Hand, verlesen nennt man das.« Zärtlich nahm sie den Schweif in die eine Hand und trennte mit der anderen Strähne um Strähne und befreite so die Haare von Stroh, Mist und allem, was das Pony damit so aufgesammelt hatte.

»Das dauert ja hundert Jahre«, maulte Tobi, übernahm aber die Arbeit.

»Zu Hause würde ich mit dem Seidenweich-Pferdehaarspray arbeiten, das geht schneller. Haben sie hier leider nicht. So, am Schluss darfst du noch mal durchbürsten, dann sind die Haare schön locker und nicht mehr verfilzt.« Lilli wandte sich wieder ihrem Paule zu. »Und du bist brav, wenn Tobi dich mal reitet, klar?«

Tobi erwies sich als Naturtalent und saß auf seinem Pony, als wäre er dort oben zur Welt gekommen. Brüder und Campgenossen hingegen waren nur als Zaungäste gekommen und verschwanden schnell wieder. So konnte sich Lena doch noch ihrem Buch widmen. Obwohl – sie hätte schon gerne gesehen, ob Lucas auf einem Pferd eine genauso gute Figur machte wie hinter dem Mischpult. Aber was soll's, dachte sie, ein Pirat gehörte eben nicht auf den Rücken eines Pferdes und Reiten war sowieso Mädchensache und nichts für echte Kerle. Sie verdrehte belustigt die Augen. Totaler Quatsch. Trotzdem waren die Jungs aus dem Camp standhaft geblieben. Lucas murmelte etwas von DJ-Wettbewerb und dass er jetzt doch mitmachen könne, weil ein anderer abgesagt hatte, Jonas und die Zwillinge gingen zum Kicken, weil am Wochenende die alles entscheidenden Spiele der Insel-Meisterschaft stattfanden, und Ruben ging mit Maulwurf-Bram eine Runde cool am Strand abhängen. Die beiden konnten ruhig von einer Flutwelle fortgespült oder von einem Wattwurm im Sand verbuddelt werden, fand Lena.

Lilli hatte kein Wort mehr über Ruben gesagt, schon seit heute Vormittag. Sie grübelte offensichtlich noch darüber, was sein Verhalten im Kletterpark für ihre Schwärmerei bedeutete, und grollte ihm, weil er sie zum Grübeln zwang.

Kapitel 11

Lena: Stell dir mal unseren Schrecken vor, Hannah. Tschak! – Springt er da runter!

Hannah: Stell dir mal Tobis Schrecken vor, Lena.

Lena: Ach, dem geht es schon viel besser. Seine Eltern kommen am Wochenende, er darf reiten und gestern Mittag war er wieder ganz munter.

Hannah: Er darf sich bestimmt nichts mehr erlauben. Wenn der jetzt noch einmal hustet, landet er im Verlies.

Lena: Nein, ich glaube, die passen jetzt einfach ein bisschen besser auf ihn auf.

Hannah: Auch auf die Mobber?

Lena: Hä?

Hannah: Na, du hast doch gesagt, dass er gehänselt wird.

Lena: Schon.

Hannah: Eben. Auf die sollte man aufpassen, nicht nur auf Tobi.

Lena: Danke, Frau Lehrerin.

Hannah: Gern geschehen.

Lena: Und was machst du sonst so außer klugschwätzen und Koffer fürs Gebirge packen?

Hannah: Lesen. Vampirgeschichten.

Lena: Oh, da hab ich was für dich: Eine nächtliche Polizeikontrolle hält einen Vampir auf einem Tandem an und fragt: Haben Sie was getrunken? – Ja, aber nur zwei Radler.

Hannah: Nachmacherin.

Ha, damit hatte Hannah wohl nicht gerechnet, dass sie auch ein paar Witze draufhatte. Aber mit Vampirsachen kannte sie sich fast so gut aus wie mit Wunschbüchern und Piraten.

»Oh, oh«, wirbelte Tante Pi in das Internet-Café. »Oh, oh.«

»Hallo, Tante Pi, willst du auch chatten? Oder ein paar Piratenwitze hören?«

»Ich will nie wieder etwas von Piraten hören. Und chatten? Das mache ich lieber am Telefon, diese ganzen Pixel machen mich völlig schummrig. Nein, habt ihr Piet gesehen? Ich muss dringend die Pilatesstunde morgen absagen.«

»Ist dir nicht gut? Hast du Muskelkater?«, fragte Lilli, ohne vom Bildschirm aufzublicken. Ihr Blog forderte volle Konzentration.

»Oder eine Pilates-Piet-Allergie?« Lena kicherte leise vor sich hin.

»Meine Lieben, das ist nicht witzig. Stellt euch vor, Pino hat sich angekündigt und ich fürchte, er wird Pizza Piccolino aus Piet machen, wenn er von meinen privaten Pilatesstunden erfährt.« Sie schwieg einen Augenblick mit zusammengekniffenen Lippen. »Pino ist leider sehr temperamentvoll. Wenn er glaubt, einen Grund zur Eifersucht zu haben, geht er ab wie ein Pitbull.«

Lilli und Lena mussten einfach weiterkichern. »Passt bloß auf, dass ihr keine Pubertäts-Pickel bekommt, ihr gehässigen Hühner«, grollte Tante Pi.

»Sei nicht böse Tante Pi, ja? Piet gibt seinen Chill-out-Kurs am Pool. Und ich freue mich total, Onkel Pino wiederzusehen. Dann bekommen wir richtig gutes, italienisches Essen.« Lena erntete einen misstrauischen Blick. Hatte sie eben Tante Pis Verpflegung infrage gestellt?

»Komm, wir machen Schluss«, meinte Lilli, als sie sich von ihrem Lachanfall erholt hatten. »Heute gibt's mal wieder Lagerfeuer am Strand. Das ist so schön romantisch.«

Pah, romantisch, dachte Lena. Die Stimmung war wunderschön, am Strand bei Nacht. Aber romantisch? Gehörte da nicht ein bisschen mehr dazu?

Trotzdem machten sie sich auf den Weg, denn ein Lagerfeuer war in jedem Fall besser, als einsam am Computer zu verrotten.

Schon allein wegen des sanften Knisterns des Feuers. Oder um die Funken zu beobachten, die in den Himmel stoben, als gäbe es einen Wettbewerb, welcher am weitesten fliegen konnte. Und wegen der klaren Sommernachtsluft, die hier im hohen Norden immer für Gänsehaut sorgte, sobald man sich nur einen Meter vom Feuer entfernte. Und natürlich wegen des Mondes, der ...

»Kann ich mir morgen früh Goethe ausleihen?« Das war keine Romantik, das war Tobi, der doch so spät abends gar nicht mehr draußen sein durfte.

»Du schon wieder? Bist du abgehauen?« Nur widerwillig löste sich Lena aus ihren Träumereien.

»Interessiert sich doch. eh keiner für mich.« Tobi zuckte mit den Achseln. »Ich will morgen früh am Strand nach Muscheln suchen. Und Bernstein, den soll es hier auch geben. Darf Goethe mich begleiten?«

»Klar. Wann denn?« Lena drehte das Gesicht ein wenig vom Feuer weg, ihre rechte Backe fühlte sich schon an wie ein vergessenes Grillhähnchen.

»So knapp nach Sonnenaufgang, ganz früh eben. Dämmerung. Man muss raus, bevor die anderen aufstehen, sonst sind die besten Stücke weg.«

»Und wenn du erwischt wirst?«

»Pah«, machte jetzt auch Tobi und zuckte die Schultern. Ganz eindeutig lebte er nach dem Motto »Ist der Ruf erst ruiniert, lebt sich's gänzlich ungeniert«. Noch letzte Woche war er der bravste und unauffälligste Neunjährige gewesen, den man sich vorstellen konnte. Regelverstöße? Unvorstellbar. Aufmucken? Ausgeschlossen. Und jetzt?

»Vielleicht könnte ja Lucas mit. Oder Jonas?«

»Bist du irr? Damit sie mir die schönsten Sachen vor der Nase wegschnappen?«

Wenn Tobi so fest entschlossen war, konnte und wollte Lena ihm nicht im Weg stehen. Aber dafür sorgen, dass ihm nichts passierte, das würde sie.

»Du kannst Goethe abholen. Wahrscheinlich wird er empört gähnen, wenn du ihn so früh weckst, aber lieber einen müden Goethe als gar keinen Begleiter, oder?« Und ich mache gleich mal einen Eintrag ins Wunschbuch, dass Tobi auch eine nette Muschel oder ein Stückchen Bernstein findet, ergänzte Lena im Stillen. Muscheln und Bernstein konnten keinem gefährlich werden, oder? Ach ja, es durfte ihn niemand ertappen, wenn er aus der JuHe schlich und später zurückkam. Sie suchte Lilli, um gemeinsam mit ihr eine wasserdichte Formulierung für Tobis Muschelsuche zu verfassen. Dann musste sie wenigstens nicht alleine die Verantwortung übernehmen, wenn etwas schiefging. Lilli saß in trostloser Entfernung zu den niederländischen Jungs, die sie überhaupt nicht beachteten, und sich stattdessen munter mit ihren Landsleuten unterhielten.

»Die reden nur Blödsinn«, grummelte sie traurig. »Ich wünschte, ich würde sie nicht verstehen. Das ist schade für die Luft, die hier verschwendet wird. Kannst du das mal zurücknehmen, dass ich ihre Sprache verstehe?«

»Später. Ich wollte ja nur helfen.«

Lilli schnaubte, sauer auf sich und die ganze Welt. »Ruben gefällt mir auch nicht mehr. Paule ist besser.«

»Find ich auch. Der schöne Ruben scheint weniger als sein Schein.«

»Wie?«

»Na, ich meine, er scheint mehr zu sein, als er tatsächlich ist oder so.«

»Genau, voll kompliziert die ganze Sache.« Lilli gähnte. »Mir sind Pferde lieber als Jungs und Vampire. Du guckst ihnen in die Augen und weißt, woran du bist, du guckst ihnen beim Laufen zu und du weißt, was sie können, du kraulst sie zwischen den Ohren und gibst ihnen ein Leckerli und schon hast du ihr Herz erobert.«

»So einfach ist das?«

»Jawoll.« Lilli stand entschlossen auf. »Genug philosophiert. Gehen wir in die Schlafsäcke? Tante Pi ist schon vor Stunden verschwunden. Sie bibbert wegen Pinos Besuch.«

»Dann gehen wir auch. Kann sein, dass wir morgen früh rausmüssen.« Lena berichtete ihrer Freundin von Tobis Vorhaben und gemeinsam kamen sie zu dem Schluss, dass sie ihn unbedingt begleiten sollten, Wunschbuch hin oder her. So konnten sie ihm beistehen, wenn er Hilfe benötigte – und davon abgesehen: Vielleicht würden sie ja auch etwas Tolles finden.

Pünktlich zur Dämmerstunde am nächsten Morgen kratzte etwas laut und lästig an der Zeltwand. »Hallo«, ein heiseres Flüstern erklang. »Hallo, ist schon jemand wach?«

Goethe sprang mit einem erfreuten Kläffen auf. »Schsch, Goethe«, machte Lena. »Warte Tobi, wir kommen, wir ziehen uns nur noch kurz die Fleecepullis drüber und nehmen eine Tasche mit, ja?«

»Aber ihr dürft mir nichts wegnehmen.«

»Nein, ist doch klar«, nuschelte Lena, die sich eben den Pulli überzog. »Wir lassen dir den Vortritt.«

Der Strand hatte seinen ganz eigenen Reiz so früh am Morgen. Das Wasser hatte sich weit zurückgezogen, sodass man bis an den Horizont Möwen auf dem spiegelnden Watt sah, die nach Muscheln und Krebsen suchten. Die Versuchung, es ihnen gleichzutun und einfach drauflos zu laufen, sich von einem Fund zum nächsten treiben zu lassen, war groß. Aber sie hatten keine Flügel, die sie vor der Flut retten würden.

»Wir bleiben am Strand oder in Strandnähe«, erklärte Lena. »Ich habe keine Ahnung, wann die Flut kommt, aber lange kann das nicht mehr dauern. So wenig Wasser, das habe ich noch nie gesehen.«

»Ach, das dauert noch lange, aber keine Sorge, ich bleibe in Rufnähe.« Tobi hielt Goethe ein glitzerndes Schmuckstück vor die Nase. »Schau mal, das ist ein Bernstein-Anhänger von meiner Mutter. Riech mal und jetzt such!«

Goethe beäugte Tobis Hand, schnüffelte pflichtschuldigst an dem Steinchen und schüttelte verwirrt den dicken Schädel. Was sollte das bitte sein? Was zu fressen? Ein Leckerli? Seine lange Zunge schnalzte aus seinem Maul und hätte Lena keinen Warnschrei ausgestoßen, wäre das Steinchen schwuppdischmatz in Goethes Schlund verschwunden.

»Aufpassen, Tobi. Er denkt, es ist ein besonderer Hundekeks.«

»Nein, nicht!« Tobi hielt seine Hand in die Höhe. »Du darfst nur riechen, ja? Und dann suchst du mir ganz viele von den Dingern.«

»Glaubst du wirklich, dass Goethe Bernstein riechen kann? Er ist doch kein Trüffelschwein. Wolltest du ihn deshalb mitnehmen?«

»Nein, weil er so lieb ist. Aber vielleicht klappt es ja. Bernstein riecht nach Harz, wenn man es in eine Flamme hält. Vielleicht ist seine Nase so gut, dass er es auch so riecht. Such, Goethe, such.«

Goethe setzte sich mit einem kräftigen Niesen in Gang. Allerdings nicht, um Bernstein zu suchen. Zuerst suchte er sich einen wohlriechenden Busch, an dem er ausgiebig pieselte, dann stromerte er durch die Dünen und kam mit einem Stock wieder. So viel zum Thema Bernstein. Stöckchen spielen war viel lustiger.

Sie zogen unterdessen ihre Schuhe aus und pulten mit den Zehen im nasskalten Sand. Tobi patschte munter ins Watt und bewunderte seine schwarzen Füße. Eine ganze Weile gingen sie gemütlich am Strand entlang, die Augen starr auf den Boden gerichtet, um sich ja keinen Fund entgehen zu lassen. Tonnen von Muscheln füllten ihre Taschen. Lange Stabmuscheln, alte

Austern, riesige Herzmuscheln, schalenförmige Kammmuscheln und Trogmuscheln in allen Farben und Größen. Dazu kamen glänzende Steinchen und Perlmuttstücke, an denen sie unmöglich vorbeigehen konnten.

»Wir müssen zurück«, stöhnte Lena. »Ich kann nicht mehr, wenn ich jetzt noch eine Muschel in meine Tasche packe, reißt der Gurt und die ganze Pracht liegt auf dem Boden.«

»Aber Tobi muss noch seinen Bernstein finden oder wenigstens einen Feuerstein, den er für Bernstein hält.«

Verflixt, versagte das Wunschbuch schon wieder? Sie waren schon seit fast einer Stunde unterwegs und von Bernstein keine Spur.

»Wundert mich auch, dass noch nichts passiert ist«, murmelte Lena und erntete dafür einen strafenden Blick von Lilli.

»Ich hoffe nur, das Wunschbuch baut diesmal keinen Mist!«

»Na hör mal, was soll beim Muschelsuchen schon schiefgehen?«

In diesem Augenblick schrie Tobi, als hätte ihn ein Krebs in die Wade gezwickt. Dann hopste und winkte und rief er, als sei ihm der Krebs in die Hose gerutscht, sodass nicht nur Goethe zu ihm schoss, der das für ein neues, lustiges Spiel hielt, sondern auch Lilli und Lena ihre Taschen am Strand liegen ließen und über das glitschige Watt zu ihm hinüberschlitterten. Igitt, es war glibbrig und kalt, jetzt bloß nicht ausrutschen und in den Matsch fallen!

»Ich hab einen, schaut nur, da ist einer.« Selbst als sie alle neben ihm standen, schrie und hüpfte er noch, als hätte er einen Wackelkontakt.

»Jetzt zeig schon.« Lilli hielt ihn an den Schultern fest, damit er mit dem Zappeln aufhörte.

»Ich hab einen, ich hab's gewusst, ich hab einen!«, jubelte Tobi weiter und endlich öffnete er seine Hand und zeigte stolz seinen Fund. Gut, diesen Kiesel hätte Goethe nicht mehr mit einem Atemzug inhalieren können, der passte gerade noch so in Tobis Faust. Dafür sah er aber gar nicht beeindruckend aus. Eher wie ein Stück Asphalt oder ein rostiges Eisenteil. Dunkelbraun, matt und stumpf.

»Das soll Bernstein sein? Niemals, das ist vielleicht ein Flintstein. Lass mal anfassen.« Lilli bekam den Stein in die Hand gedrückt. »Fühlt sich überhaupt nicht wie ein Stein an. Wärmer irgendwie. Ich glaube, es ist verschmurgeltes Plastik.«

»Ihr habt ja keine Ahnung. Der ist genau richtig.« Tobi wühlte in seinen Taschen. »Hier, ein Feuerzeug.«

»Nicht! Du verkokelst ihn ja.«

»Da, es riecht nach Harz, nicht wahr, Goethe?« Der war erschrocken zurückgewichen, als Tobi das Feuerzeug gezündet hatte. Feuer war ihm höchst suspekt. Er schnaubte heftig und mit feuchtem Auswurf wie ein Pferd.

»Vielleicht hat er sogar einen Einschluss. Bei der Größe«, sinnierte Tobi, der sein Glück noch gar nicht fassen konnte. »Jetzt bin ich reich. Davon kaufe ich mir ein eigenes Haus und vielleicht Paule.«

»Nein!«, empörte sich Lilli. »Nicht Paule. Und überhaupt, Bernstein ist doch gar nicht so wertvoll.«

»Mit Einschluss schon«, Tobi nahm ein Taschentuch aus seiner Hosentasche, wickelte den Stein behutsam ein und verstaute das Knäuel in der Innentasche seiner Windjacke.

»Was ist überhaupt ein Einschluss?«, erkundigte sich Lena. Ihr war es ziemlich egal, was sich Tobi von seinem Schatz kaufen wollte, außer er erhob Ansprüche auf Goethe. Der war ihr größter Schatz und für kein Geld der Welt zu haben.

»Insekten, kleine Tiere oder Pflanzenteile, die vom Harz eingeschlossen wurden«, erklärte Tobi mit einem enttäuschten »Hätte-ja-nie-gedachtdass-du-so-doof bist«-Blick auf Lena.

»Zeigst du ihn den anderen?«

»Nur Lucas. Und vielleicht Jonas. Mal sehen. Und am Sonntag gebe ich ihn Mama.«

Lilli nickte. Lena und Goethe niesten zustimmend. Der Harzgeruch war ganz schön streng – oder lag es an den kalten Füßen?

Stolz trug Tobi seinen Fund ins Camp zurück. Genauer gesagt, trug er ihn stolz in seiner Jackentasche. Sie hatten beschlossen, auf Nachfrage nur die Muschelfunde herumzuzeigen, und Tobi ein paar besonders schöne Stücke ausgehändigt, sollte sich jemand dafür interessieren.

Mit gemischten Gefühlen schauten sie ihm nach, wie er über die Dünen zu der JuHe zurückging. Bestimmt wurde er bereits vermisst, aber dank des Wunschbuches würde er wenigstens keinen Ärger bekommen. Armer, kleiner Kerl. Goethe begleitete ihn noch ein Stück, musste aber dann am Zaun zurückbleiben.

Auch sie waren schon gesucht worden, aber da Goethe ebenfalls verschwunden war, hatte Tante Pi sich keine Sorgen, sondern lieber einen kräftigen Kaffee gemacht. Sie hockte wie eine Indianerfrau vor ihrem Zelt, eingehüllt in einen überdimensionalen Wollmantel, unter dem gerade noch ihre pink lackierten Fußnägel herausschauten.

»Aha, die Frühaufsteher sind zurück.« Sie steckte ihre Nase in den Kaffeebecher und schlürfte die heiße Brühe. »Nächstes Mal sagt ihr Bescheid, ja? Noch zwei Minuten, und ich hätte hier ein großes Suchkommando losgeschickt, die Nachbarn stehen schon bereit.«

»Quatsch, wir waren nur am Strand, Muscheln suchen. Bevor die ganzen Jogger kommen und die schönsten Stücke wegsammeln.« Lena und Lilli kippten ihre Funde vor Tante Pis Füße. »Meine Güte, wir benötigen einen zusätzlichen Anhänger für die Rückfahrt. War dieser Tobi auch mit draußen? Die Camp-Leute sind schon wieder ganz aufgeregt, weil er angeblich verschwunden ist. Ich habe ihnen erklärt, dass man einen Jungen ja nicht anleinen kann und schon gar nicht einsperren, aber sie wollten nicht hören.«

»Tobi war dabei. Wir haben ihn am Strand aufgegabelt.« Lena warf Lilli einen verschwörerischen Blick zu. Bloß nichts verraten. So nett Tante Pi war, man konnte nie wissen, ob sie nicht doch zu den Erwachsenen hielt und Geheimnisse ausplauderte.

»Dann ist ja gut. Habt ihr schon Pläne für heute?«

»Nur das Übliche.«

»Wir könnten Pino von der Fähre abholen und eine Runde Eisessen gehen und am Hafen bummeln«, schlug Tante Pi vor.

»Hast du Piet abgesagt?«

»Voll und ganz. Ich habe ihm erklärt, dass es für seine Gesundheit vorteilhaft wäre, seine Privatstunde anderweitig zu vergeben. Pino ist für meine Gesundheit auch besser als Pilates. Das habe ich inzwischen begriffen.« Tante Pi stellte energisch den Kaffeebecher ab und streckte sich. Unter dem Strickmantel lugten ein buntes Strandkleid und ein pinkfarbener Bikini hervor. »Na, dann mal los. Frühstücken, anziehen und jaaaa ... Goethe, Futter, ich weiß.« Verständnisvoll tätschelte sie dem hungrigen Hund den Kopf und machte sich an seinen Schüsseln zu schaffen.

Bis Onkel Pinos Fähre eintraf, hatten sie genügend Zeit, den kleinen Hafenort gründlich zu durchforsten.

Unauffällig nutzte Lena die Gelegenheit, auch hier nach Notizbüchern zu schauen, die dem Wunschbuch glichen, doch erfolglos.

»Sag mal, Tante Pi, meinst du, wir finden noch so ein Notizbuch, wie du es mir geschenkt hast? Goethe hat es mal mit einem Knochen verwechselt und es sieht wirklich schlimm aus.« Sie versuchte, beiläufig zu klingen.

»Ja, mir ist auch schon aufgefallen, dass es ein wenig mitgenommen aussieht. Wo du es auch andauernd bei dir trägst.« Tante Pi wühlte in einer Auslage. »Weißt du, es macht mir Freude, dass es dir so ans Herz gewachsen ist, aber ich fürchte, es ist ein Einzelstück. Dass Goethe aber auch ausgerechnet, also wirklich!« Sie strafte den Hund mit einem bösen Blick. »Ich bin enttäuscht von dir, mein Großer.« Schuldbewusst wie eine Schnecke, die sich am Salat vergangen hat, klemmte Goethe seinen Schwanz zwischen die Beine und verzog sich.

»Man kann also nichts machen?«

»Nein, *piccina*, ich fürchte ...«, Tante Pi richtete sich auf, dachte kurz nach und schüttelte bedauernd den Kopf. »Nein, nichts zu machen. Ich habe nie wieder etwas Ähnliches gesehen.«

Verflixt, wie ärgerlich. Doppelt ärgerlich, weil damit die Chance, einen neuen Stift zu finden, gleich null war. Entweder musste sie sich mit den Eskapaden des Wunschbuches abfinden und es einfach weiterbenutzen oder es endgültig in eine Ecke werfen und vergessen. Blöder Mist. Schon wieder musste sie eine Entscheidung treffen, dabei waren doch Ferien!

Ein lautes Tröten kündigte die Fähre an. Gespannt beobachteten sie, wie sich das Schiff langsam näherte, in den Kanal einbog und zielsicher an dem schmalen Anleger andockte, an dem die Fahrzeuge die Fähre verlassen konnten. Eilig wurden Seile verzurrt, Hebel gezogen und Treppen angebracht, die ersten Passagiere drängelten schon auf die Insel. Das war jeden Tag so. Die Touristen überschwemmten die Insel und bevölkerten die Strände, die hier viel schöner waren als am Festland. Lena war beeindruckt von den Menschenmassen, die sich von der Fähre drängten. Wie sollten sie da Pino finden? Eine unbegründete Sorge. Der gedrungene Italiener stach ihnen sofort in die Augen. Braun gebrannt und sommerlich lässig gekleidet in hochgekrempelter Leinenhose, T-Shirt und flatterndem, bunt kariertem Hemd, wirkte er wie ein Matrose auf Landurlaub mit seinem über die Schultern geworfenen Seesack und den akkurat geschnittenen grauen Kraushaaren. Ein beeindruckender Mann. Lilli griff erschrocken nach Lenas Hand, als sie die lange Narbe bemerkte, die sich quer über sein Gesicht zog und am Halsansatz unter seinem bunten Schal verschwand. »Ankunft des Piratenfürsten«, murmelte sie andächtig. »Dein Lucas hat seinen Meister gefunden.«

»Mia Pipa, meine große amore!« Er schleuderte seinen Seesack von sich, der ins Hafenbecken gerollt wäre, hätte Lilli nicht geistesgegenwärtig einen Fuß auf den Henkel gestellt.

»Pino, mein Pirat.« Die beiden umarmten sich stürmisch. Von wegen, Tante Pi wollte nie wieder etwas von Piraten hören! Pino, der nur knapp so groß war wie Tante Pi, riss sie in seine Arme und wirbelte sie umher wie eine seiner Pizzen. Von einem größeren Zerwürfnis, einem Streit oder einer winzig kleinen Meinungsverschiedenheit keine Spur, fand Lena.

»Ah, das tut gut, meine Pipa wieder in den Armen zu halten, meine Gloria, meine Bella, mein Leben.«

Lilli und Lena verdrehten belustigt die Augen. Hier waren sie ganz und gar überflüssig. Sie schnappten sich Goethe und bummelten ein wenig am Hafenbecken entlang. Lena zog es zu einem Souvenirshop, dem einzigen, den sie bisher noch nicht untersucht hatte, Lilli wollte Bernsteinschmuck in einem Schaufenster bestaunen und Goethe musste sich dringend in den stinkenden Fischernetzen wälzen und nach Fischresten suchen. Lena nahm ihn an die Leine. »Ungezogener Hund. Du fällst mir noch in das Schmutzwasser und was dann? Dann müssen dich die Fischer mit dem Netz aus dem Wasser ziehen.« Goethe schwieg beleidigt, aber nach ein paar wehmütigen Blicken auf die Netze und unter dem Hohngelächter der Möwen ließ er sich schließlich davonziehen. Puh, Schaufenster und

Souvenirshops waren ja so langweilig. Er wünschte sich zurück an seinen Strand, zu Tobi oder zu seinem Hippie-Mädchen.

Kapitel 12

Als sie später zu ihrem Stellplatz zurückkamen, die Bäuche voll mit Pizza und Pistazieneis, spürte Lena sofort, dass etwas nicht stimmte. Das hieß, Goethe spürte es sofort, spitzte die Ohren, richtete den Schwanz auf und witterte, bevor er wie ein Strich in ihrem Zelt verschwand.

Auf den ersten Blick entdeckte Lena nichts Ungewöhnliches, doch als Lilli in ihr Zelt kroch, um Badetücher zu holen, ertönte ein spitzer Schrei.

»Raus, du unmöglicher Hund, huch, da ist ja noch jemand! Wage es nicht, verschwinde, was tust du hier!«

Im Nu stürzten Lena, Tante Pi und allen voran Pino Lilli zu Hilfe. Lena wurde abgedrängt und blieb verstimmt draußen stehen, vor lauter Spannung kurz vor dem Platzen. Es gab ein heftiges Handgemenge, die Plane wackelte bedenklich, jede Menge italienische Flüche drangen dumpf nach draußen – Pino –, ein schmerzhaftes Jaulen ertönte – Goethe – und schließlich rollte ein verschlungenes Knäuel aus dem engen Zelteingang, um sich draußen zu entfalten.

»Hab ich dich, maledetto stronzo, du liederlicher Lümmel«, schimpfte Pino und hielt den um sich tretenden Tobi am Kragen.

»Aber das ist doch Tobi, lass ihn sofort los, Pino, der tut niemandem was zuleide. Ach, Tobi, was machst du denn schon wieder«, plapperte Tante Pi aufgeregt und rang die Hände, unschlüssig, ob sie erleichtert sein sollte, keinem Dieb begegnet zu sein, oder entsetzt, dass schon wieder dieser davongelaufene Bengel für Tumult sorgte.

Pino ließ zögernd Tobis T-Shirt los. »Er hat angegriffen. Sich im Zelt von Mädchen zu verstecken! Und beißen wie wütende Klapperschlange!«

»Armer Junge, was ist denn los?«

»Mein Bernstein, sie haben meinen Bernstein gestohlen!«, heulte Tobi.

Lilli und Lena wechselten wissende Blicke, als die Geschichte aus ihm heraussprudelte. Na, super. Kaum war Tobi im Camp aufgetaucht, hatten sie ihn erbarmungslos zum Frühstück geschleppt, weil er viel zu spät dran gewesen war. Geschimpft hatte keiner, aber gedrängelt. Und so hatte er seine Windjacke in der Eile über einen Stuhl gehängt und weg war der Stein. Keiner war's gewesen, Tobi erntete sogar Hohn und Spott dafür, dass er felsenfest glaubte, einen wertvollen Fund gemacht zu haben.

Mitten in Tobis von Schluchzen und Heulen durchbrochenem Bericht platzte Lucas in die Runde. Genauer gesagt, kam er in vollem Lauf angekeucht und prallte schwungvoll gegen Lena.

»Da bist du ja, sie suchen dich. Was soll der Quatsch

mit dem Bernsteinschatz? Mensch Tobi, das wird mir alles langsam zu viel, echt.«

Kaum zu Atem gekommen, schleuderte er seinem heulenden Elend von Bruder die Worte entgegen, Lena und die anderen ignorierte er vor Aufregung. Niemand sagte etwas. Die Empörung über seinen ungerechten Angriff und sein mangelndes Verständnis stand auf allen Gesichtern geschrieben – selbst auf Goethes. Verunsichert blickte Lucas von einem zum anderen. »Er macht nur Ärger«, verteidigte er sich. »Und jetzt diese Geschichte mit dem Schatz, so ein Schwachsinn.« Nervös strich er sich die Locken aus dem Gesicht. Lena war sofort ein wenig milder gestimmt.

Tobis Unterlippe zitterte. »Kein Schatz, nur ein Rohling, den ich gefunden habe. Und jetzt ist er weg.«

»Das kann ja jeder behaupten. Du erzählst in letzter Zeit nur noch Quatsch!« Das verbissene Schweigen der anderen ließ keinen Platz für Lucas Tobsuchtsanfälle. Er holte tief Luft und beruhigte sich langsam.

»Wir können es bezeugen, wir waren dabei.« Lena trat entschlossen aus der Reihe, die sich hinter Tobi gebildet hatte.

»Er hat ein fast faustgroßes Dingsda gefunden, wir haben erst gedacht, es ist Plastikmüll oder so, aber er hat es angezündet und es roch nach Harz. Dann hat er es in die Tasche seiner Windjacke gesteckt, und wenn es jetzt weg ist, wurde es geklaut.«

»Oder verloren«, wandte Lucas müde ein. Er war noch immer misstrauisch. Und genervt, dass er so viel Ärger mit seinem kleinen, sonst so pflegeleichten Bruder hatte.

»Che bello, wenn verschwunden, tauchen irgendwann wieder auf. Verschwundene Steine wollen zurück zu Besitzer.« Für Pino war die Angelegenheit damit erledigt – für die anderen dagegen, die Tobis Gemüts- und Problem-Großwetterlage besser kannten, nicht.

»Komm, Tobi«, seufzte Lucas. »Wir klären das kurz drüben im Camp. Der Stein taucht bestimmt wieder auf, ja? Immer weglaufen geht auch nicht.«

»Wir sehen uns nachher beim Fußball«, rief Lena den beiden nach. Das war doch ein Lichtblick, etwas, worauf sich alle freuen konnten, oder? Und sie brauchten jetzt dringend etwas zum drauf Freuen. Heute würde das Finale der Fußball-Meisterschaft stattfinden. Insulaner gegen Camp-Kids. Jonas und die Zwillinge waren in der Camp-Mannschaft die Könige. Nun mussten sie gegen die Top-Inselmannschaft antreten und es herrschte absoluter Zuschauzwang. Lucas und Tobi würden Daumen halten müssen, nebeneinander zittern und bangen, alle würden gemeinsam für eine Sache sein, da war endlich einmal kein Platz für Gerangel und Streit.

»Klar, danke noch mal. Bis später.« Lucas schob den widerstrebenden Tobi vor sich her, und kaum waren sie verschwunden, diskutierten Tante Pi und Pino in lebhaftestem Italienisch die Sachlage und Lilli bestürmte Lena, dass es so ja wohl gar nicht gehen konnte, der arme Tobi, dem musste doch geholfen werden. Niemand außer Lena bemerkte Piet, der zielstrebig zwischen den Zelten auf sie zukam, durch das aufgeregte Gerede gestoppt wurde, Pino anstarrte und eilig wieder verschwand. Ein Problem zumindest hatte sich ohne Lenas Zutun erledigt.

Jonas Mannschaft war gut. So richtig gut. Das konnte jeder sehen, selbst wenn er nicht auf die Anzeigetafel schaute, auf der bereits nach fünfzehn Minuten zwei Tore für die Camp-Mannschaft leuchteten. Der Torhüter der Camp-Jungs hatte einen extrem langweiligen Job. Jonas und Thijs waren Stürmer und fegten heftig wie ein Tornado mit Windstärke neun über das Spielfeld. Levi, der zweite Zwilling, war Abwehr und hatte kaum mehr zu tun als der Torwart. Schon nach dreißig Minuten machten sich konditionelle Schwächen der Inselmannschaft bemerkbar, und als die erste Halbzeit abgepfiffen war, feierten die Camp-Kids, als hätten sie das Match bereits gewonnen. Lena und Lilli hatten mit Tante Pi, Pino und einigen Camp-Jungs Plätze auf der Zuschauerbühne erobert. Genauer gesagt, waren Lucas und Tobi schon dort gewesen und hatten sie eifrig herbeigewunken. Wie nett. Ohne auf die anderen zu warten, war Lena sofort losgestürmt und hatte erst gar nicht bemerkt, dass sich in der Reihe hinter ihnen Ruben und einige seiner Kumpels zusammengerottet hatten.

»Das schlimmer als bei FC Milano«, schrie Pino gegen den Lärm an. Lena fand das Geschrei ein wenig übertrieben, es ging ja nur um eine Inselmeisterschaft und nicht um die WM, aber die Leute waren hemmungslos. Die arme Lilli saß neben einem Typen mit Vuvuzela und hielt sich nur noch die Ohren zu.

»Ach, die Jungen spielen wie Götter. Alla grande! Deutschland ist gutes Fußballland, so viele Talente«, schwärmte Pino in der Pause. »Was sagst du, Tobi, wer ist bester Spieler auf dem Platz, wer ist Star? Wer gehen in drei Jahren zu großem deutschen Fußballclub und verdienen Millionen Euro?«

Tobi kroch noch ein wenig in sich hinein, er war mit Sicherheit der einzige Zuschauer – außer Lilli –, der nicht ein einziges Mal laut gerufen hatte. Pino schien ihn noch mehr einzuschüchtern, obwohl der nach Lenas Meinung genau das war, was Tobi brauchte. Ein großer, beeindruckender Beschützer, an den sich niemand heranwagen würde, besser noch als Goethe.

»Jonas«, nuschelte Tobi folgsam.

»Jaa, Jonas. Er ist formidabile!«, rief Pino, erfreut, dass sie der gleichen Meinung waren, und verwickelte Tobi in eine aufgeregte Spielanalyse. Lena ging ein paar Schritte mit Goethe, der bisher brav zu ihren Füßen gelegen, jetzt aber sein Hippie-Mädchen entdeckt hatte und nicht mehr zu halten war. Der Besitzer der Strandbar bestritt wohl auch die Verpflegung während des Spieles und hatte geschäftstüchtig einen Kiosk aufgebaut sowie drei Mädchen mit Bauchläden durch die Menge geschickt, die Getränke, Erdnüsse oder Süßes anboten. Vor dem Kiosk hatte sich eine lange Schlange gebildet. Alle mussten plötzlich ein Eis haben und Lena stellte sich einfach an, damit Goethe in Ruhe seinen Schwarm begrüßen konnte. Was sein musste, musste eben sein. Lena war ja auch zufrieden, dass sie bei Lucas und den Jungs sitzen konnten – wenn sie auch auf die meisten von ihnen locker hätte verzichten können. Zum Beispiel tuschelten die Niederländer andauernd miteinander, selbst bei den aufregendsten Spielszenen. Und sobald die Menge tobte, sprangen sie mit auf und schrien, obwohl Lena darauf gewettet hätte, dass sie nicht einen einzigen Spielzug richtig verfolgt hatten. Lilli drängte sich neben sie.

»Ich verstehe immer noch Niederländisch. Und Plattdeutsch. Und ich fürchte, auch einige andere Sprachen, von denen ich nicht einmal weiß, zu welchem Land sie gehören. Ich höre Dinge, die ich wirklich nicht hören will«, meckerte sie unvermittelt. »Aber es ist gut so. Stell dir vor, Ruben und seine Jungs haben die ganze Zeit geredet.«

»Ich weiß, total nervig. Sorry. Ich hab's einfach vergessen.«

»Natürlich hab ich verstanden, was sie redeten.«

»Obwohl du dir die ganze Zeit die Ohren zugehalten hast?«

»Ich habe mich nur gegen die Vuvudingens geschützt. So konnte ich besser lauschen.« Sie machte eine Pause, schüttelte ungläubig den Kopf und Lena wusste, jetzt würde ein Hammer kommen.

»Spann mich nicht auf die Folter, sag schon!«

»Sie haben über Tobi geredet. Und den Stein. Ruben, Bram und noch ein paar Jungs haben Tobis Stein.« Mit großen Augen starrte Lena Lilli an. Wie gut, dass sie vergessen hatte, Lillis Sprachkenntnisse wegzuschreiben.

»Du meinst, sie haben Tobis Stein geklaut?«

»Nicht nur das. So ganz für einen Spinner halten sie Tobi wohl doch nicht, sie haben den Stein nämlich gleich zu einem Fachmann geschleppt und schätzen lassen. Das Ding hat wirklich einen Einschluss und ist mehrere Hundert Euro wert!« Jetzt hatte Lilli ein wenig zu laut gesprochen und einige Köpfe in der Schlange drehten sich zu ihnen um. Lenas Lust auf ein Eis war schlagartig verschwunden. Sie zog Lilli aus dem Gedränge, Goethe hinterher, der wie so häufig gar nichts mehr verstand, nur dass er schon wieder an dieser blöden Leine herumgezerrt wurde. Das war ihm höchst unangenehm vor den Augen seiner Hundedame. Seine Verehrteste schien keinen Leinenzwang zu kennen und in völliger Freiheit zu leben. Ein Zustand, der Goethe immer erstrebenswerter erschien.

»Meine Güte, Tobi hatte recht. Der Stein ist ein kleines Vermögen wert. Für einen Knirps wie ihn zumindest.«

»Na ja, für Paule würd's wahrscheinlich nicht reichen. Aber stell dir vor, jetzt diskutieren sie darüber, ob sie den Stein gleich hier verkaufen oder mit nach Hause nehmen, um dort einen noch besseren Preis zu bekommen.«

»Weißt du, wo sie das Ding versteckt haben?«

»Im Spind eingeschlossen. Ich weiß aber nicht, in welchem.«

»Man müsste die Spinde untersuchen.«

»Kannst du vergessen. Erstens kommen wir nicht in die JuHe rein, zweitens sind alle Spinde mit Schlössern gesichert und drittens klappt das eh nicht. Nein, du musst das übernehmen, Lena. Du musst Tobi seinen Stein zurückschreiben. Am besten einfach unter sein Kopfkissen.«

»Aber wer weiß, was dann wieder geschieht. Es ist einfach zu riskant. Nachher verliert Tobi auch noch sein Taschengeld. Oder es liegen tausend Steine unter seinem Kopfkissen und man verdächtigt ihn des Diebstahls. Schrecklich.« Lena schüttelte den Kopf.

»Dann müssen wir Lucas einweihen. Guck, da drüben steht er. Mal sehen, ob dem etwas einfällt.«

Lucas war zuerst gar nicht begeistert. »Blödsinn, die Sache mit dem Stein. Das ist doch bloß eine Story, die Tobi sich ausgedacht hat, um sich aufzuspielen! Und woher wisst ihr das überhaupt?«

»Na, Lilli hat die Kerle belauscht. Oder eher gesagt, unfreiwillig mitgehört. Sie kann ein bisschen Niederländisch, weißt du?«

Misstrauisch beäugte Lucas Lilli. »So, kann sie das?«

»Na ja, ich kann es zumindest ziemlich gut verstehen«, erklärte Lilli bescheiden, die auf keinen Fall mit ihrer plötzlichen Sprachbegabung angeben mochte, die sie ja so schnell wie möglich wieder loshaben wollte.

»Ist doch auch egal, jedenfalls wissen wir, wer den Stein geklaut hat. Und wir wissen, wo er ist, und wir können ihn für Tobi zurückholen. Mensch, Lucas, der ist mehrere Hundert Euro wert. Wir können das Geld nicht einfach diesen gemeinen Dieben überlassen, es gehört Tobi!«

»Schon klar, ich überlege.«

Dann mach mal voran, wollte Lena sagen, biss aber fest die Lippen zusammen.

»Gut, ich weiß, wie wir es machen. Morgen findet der DJ-Wettbewerb statt und ich spann Ruben und seine Kumpels ein bisschen ein. Währenddessen können Jonas und die Zwillinge die Spinde untersuchen.«

»Äh, und wie kommen sie an die Schlüssel?«

»Es gibt einen Zentralschlüssel, ganz einfach also. Den haben der Hausmeister und die Camp-Leitung und es gibt noch ein paar andere.«

»Ja, ganz einfach. Ich wünsch euch viel Spaß«, spöttelte Lena.

Lucas schaute sie nur nachdenklich an. »Ich wette, es sind mindestens zehn nachgemachte Schlüssel im Umlauf. Jeder, der Wertgegenstände im Spind lagert, ist voll dämlich. Dann kann er sein Zeugs gleich in der Kantine liegen lassen oder unter seinem Kopfkissen.«

Lena spürte, wie sie unter seinem Blick rot wurde. Warum musste er sie auch so angucken? Ein Schauer schoss durch ihren Körper wie ein Surfbrett mit Turboladermotor. Schnell bückte sie sich, um Goethes Leine zu entwirren, die eigentlich völlig in Ordnung war.

»Übersteht Tobi das bis morgen? Sollten wir ihn nicht einweihen? Der flippt doch sonst total aus«, meinte Lilli besorgt.

»Ich sage ihm zumindest, dass wir wissen, wo der Stein ist. Dann ist er beruhigt und weiß, dass wir ihm glauben. Er soll nur alles uns überlassen. Und unsere Eltern kommen ja auch bald, die kümmern sich dann um den Rest.« Du Optimist, dachte Lena, bis dahin sind sämtliche Bernsteine und Kinder in den Brunnen gefallen.

»Dann sind sie morgen beim DJ-Wettbewerb nicht dabei?«

»Ach, das«, Lucas winkte ab. »Das ist jetzt echt nicht wichtig. Ich gewinn sowieso nicht.«

»Wir kommen jedenfalls und wir stimmen garantiert für dich«, versprach Lilli und Lena wurde schon wieder rot, denn Lucas schaute nicht Lilli, sondern sie an und bitte, könnte er das jetzt endlich mal lassen?

»Du übernimmst das doch, oder?«, fragte Lilli, als Lucas endlich gegangen war und Lena wieder eine normale Gesichtsfarbe hatte. Gemeinsam kämpften sie sich durch die Zuschauermenge zurück zu ihren Plätzen.

»Ja. So lange hält Tobi das nicht aus. Selbst wenn sie es morgen schaffen, die Spinde zu durchwühlen und den Stein zu finden. Es ist viel zu riskant für Jonas und die Zwillinge. Du musst mir beim Formulieren helfen. Das mit dem Kopfkissen ist keine so gute Idee.«

»Warum nicht? Ein einfacher Hokuspokus genügt. Bloß nichts Kompliziertes.«

Sie verwarfen ungefähr zweihundert Ideen, bis sie wieder bei Tobis Kopfkissen landeten und Lena schrieb: »Der Stein verschwindet aus dem Spind und liegt unter Tobis Kopfkissen. Tobi findet ihn gleich heute Abend beim Schlafengehen.«

Die Camp-Mannschaft gewann mit vier zu null Toren. Verdient, da war man sich einig und der Jubel nahm kein Ende. Jonas bekam als Mannschaftskapitän den Pokal ausgehändigt und alle Spieler eine Urkunde, eine Medaille und Gutscheine der Sponsoren – Sportgeschäfte, die Surfschule und natürlich die Strandbar. Praktischerweise fand genau da die Siegesfeier statt. Direkt vom Fußballplatz zog die Menge also zum Strand, wo schon der Grill, Getränke und auch Goethes Hippie-Mädchen warteten. Lena ließ ihn von der Leine und weg waren die beiden. Immer am Strand entlang, immer die Schnauzen zusammen, immer weiter und weiter, weg von Leinen und Zwängen. Lena schaute ihnen ein wenig neidisch nach, wie sie da in der Ferne verschwanden. Goethe hatte es gut. Immer war jemand da, der auf ihn aufpasste, ihm sagte, was er tun sollte, und für seine dringendsten Bedürfnisse sorgte: schlafen, fressen, herumrasen, fertig. Er musste keine schwierigeren Entscheidungen treffen, außer wo und wann er an welchen Busch pinkeln sollte. Und dann prügelten sich die Leute auch noch darum, wer ihn als Nächstes ausführen durfte. Hier Tobi, zu Hause Lars, der Banker. Ganz zu schweigen von Hannah, die er ganz schön um den Finger gewickelt hatte ...

Hannah! Lena verschluckte sich fast an ihrer zweiten Bratwurst. Wann hatte sie eigentlich zuletzt mit Hannah gechattet? Die brach bald in ihren Urlaub auf und dann war es aus mit dem Chatten, dann mussten sie sich wieder SMS schicken, und das konnte ganz schön ins Geld gehen.

Sie stieß Lilli an, die mit ihrem polnischen Nachbarsmädchen Irina plauderte. Über Pferde. Auf Polnisch. Lena würde sich nie so sehr für Pferde begeistern können wie Lilli. Trotzdem war sie nicht eifersüchtig, denn dass man auch ohne gemeinsame Pferdeleidenschaft beste Freundinnen sein konnte, das bewiesen sie sich jeden Tag.

»Lilli«, sie stieß ihre Freundin in die Seite. »Ich geh noch kurz ins Internet-Café. Hoffentlich erwische ich Hannah.«

»Oh nein, mein Blog! Entschuldige Irina, ich muss los.« Lilli fuhr hoch, verschüttete fast ihren Orangensaft und stieß ihren Hocker so heftig nach hinten, dass sie ihn in Rubens Beine rammte, der am Stehtisch hinter ihnen mit seinen miesen Kameraden plauderte. Na, der hatte es auch nicht anders verdient. Wer so undurchsichtige Freundschaften pflegte und sich nicht scheute, andere zu mobben und zu bestehlen, dem sollte man noch mehr als nur einen Hocker in die Beine rammen, fand Lena. Ruben war für sie und Lilli gestorben, das stand fest.

Also entschuldigte sich Lilli auch nicht, sondern warf ihrem gefallenen Vampir nur einen verächtlichen Blick zu. Einen ziemlich guten Blick. Darin konnte man wirklich all die Abscheu und Missbilligung lesen, die Lilli inzwischen für Ruben empfand. Natürlich nur, wenn man das wollte.

»Gehen wir, ich muss auch noch an den Rechner.« Ihre Stimme war kalt wie eine Nordseebrise.

Lena: Hannah, bist du da? Es tut mir so leid, hier geht's zu wie im Paviangehege. Ein einziges Drunter und Drüber.

Hannah: Gerade wollte ich den Rechner runterfahren. Hast du meine Nachrichten erhalten?

Lena: Jetzt schon. War den ganzen Tag nicht online ... Ein unglaublicher Tag, der furchtbar früh anfing mit Muscheln sammeln und Schätze finden.

Hannah: Schatzsuche? Ist das nicht was für Kleinkinder?

Lena: Kannst du selbst beurteilen, wenn du meine Beute siehst.

Hannah: Wieso? Habt ihr was gefunden?

Lena: Ja, Tobi hat einen riesigen Bernstein-Rohling mit Einschluss ausgebuddelt. Allerdings auch wieder verloren. Die Mobber haben ihn geklaut.

Hannah: Wow. Das ist ja besser als ein Krimi. Was sagt die Polizei?

Lena: Quatsch, Polizei. Kaum jemand glaubt ihm. Anfangs nicht mal Lucas. Wären wir nicht als Zeugen dabei gewesen, wär das Ding futsch, echt.

Hannah: Bekommt er den Stein zurück?

Lena: Na ja, ich hab ihn wieder unter sein Kopfkissen geschrieben.

Hannah: Na spitze. Und das klappt?

Lena: Hoffentlich; eigentlich ist es deppensicher.

Hannah: Sagst du! Dein Wunschbuch ist ein bisschen . . . unzuverlässig geworden.

Lena: Hast recht, hoffen wir das Beste.

Hannah: Morgen geht's los bei uns. Dabei freu ich mich jetzt schon, dich wiederzusehen.

Lena: Ich auch! *vermissvermiss* Ferien können auch echt scheiße sein. Liest du Lillis Blog? Sie schreibt gerade ausführlich von heute. Solltest du dir geben, wirklich. Vielleicht hast du in den Bergen ja auch Internet, dann ist alles halb so schlimm.

Hannah: Den Blog lese ich. Ist fast so gut, wie live dabei zu sein. Aber nur fast.

Lena: Wir hören uns morgen, ja?

Hannah: Mach's gut, und ich drück die Daumen für Tobi.

Erst als Lena auf die Page für kostenlose Online-Spiele wechselte, fiel ihr auf, dass Hannah heute keinen einzigen bescheuerten Witz zum Besten gegeben hatte. Himmel, musste sie sich jetzt etwa wieder Sorgen um Hannah machen?

Kapitel 13

Tobi ist schon wieder verschwunden!« Lucas keuchte ihnen entgegen, als hätten ihn hundert Klabautermänner um die Insel gejagt.

»Wie? Der wollte doch auch mit zur Siegesfeier?«

Lena und Lilli waren gerade auf dem Weg vom Internet-Café zurück zur Strandbar, als sie mit Lucas zusammenstießen. Tobis Verschwinden wurde langsam zur gefürchteten Gewohnheit. Er glich immer mehr einem Geisterwesen, das kam und verschwand, wie es ihm beliebte.

»Dachte ich auch, ist er aber nicht. Ich suche ihn schon die ganze Zeit, um ihm die Sache mit seinem bekloppten Bernstein zu erklären. Nichts, er ist wie vom Erdboden verschluckt. Und jetzt ist es schon fast dunkel.«

»Wir helfen suchen, ja? Es ist ja eine Insel, da kann er nicht so weit sein.«

»Wir sollten alle Plätze absuchen, die er kennt oder die er mag«, schlug Lilli vernünftig vor.

»Stimmt, fangen wir gleich mal bei unserem Zelt an.« Gemeinsam stürmten sie quer über den Campingplatz. Kein Tobi war auf ihrem Zeltplatz, niemand hatte ihn gesehen.

Tante Pi und Pino waren ebenfalls direkt zur Strandbar gegangen, also rannten sie dorthin. Erfolglos. Tobi war seit dem Ende des Fußballspieles verschwunden.

»Wir organisieren Suchtrupps«, beschloss Pino. Lilli schnaubte zustimmend, während Lena einfach nur froh war, dass endlich mal jemand die Verantwortung übernahm. »Wo können wir suchen?«

»Am Strand«, schlug Lena vor.

»Gut, niemand sucht alleine, weil dunkle Nacht. Lena mit Lucas an den Strand.« Goethe winselte nervös, während Lena fühlte, wie ihr Gesicht schon wieder anfing zu glühen. »Ja, Goethe, du darfst natürlich auch mit.«

»Ich gehe zum Reitstall, Tobi liebt Paule.«

»Si, Lilli und die beide junge Männer zum Reitstall.« Pino wies auf die Zwillinge, die sich ebenfalls an der Suche beteiligen wollten.

»Zur Fähre?«, fragte Tante Pi zaghaft. »Vielleicht hat er endlich die Nase voll und will versuchen, zu seinen Eltern zu gelangen?«

»Ebbene, wir nehmen biciclette und fahren zur Fähre.«

»Und ich?«, meldete sich Jonas, der sich übergangen fühlte.

»Du . . .«, Pino studierte ihn sorgfältig, als würde er seine Fähigkeiten abschätzen wollen. »Du gehst in Camp und fragst Kumpels, die nicht in Bar sind. Alle haben apparecchio telefonico? Wir tauschen Nummern. So. Sprechen in halbe Stunde, dann wir holen polizia. Avanti, avanti!«

Jonas maulte ein wenig, weil er den langweiligsten Job hatte und außerdem niemanden, der ihn begleiten und den er vollschwatzen konnte. Doch Irina hatte neben ihm gestanden und bot sich an, mit ihm ins Camp zu gehen. Sie hatte schon lange einmal einen Blick hinter die Kulissen werfen wollen und Jonas war es nur recht. Zuvor informierte sie aber ihre umfangreiche Verwandtschaft und Bekanntschaft, die versprachen, Augen und Ohren offen zu halten.

Schweigend gingen Lena und Lucas – und natürlich Goethe, außer sich vor Freude über den unverhofften Nachtausflug – den Strand entlang. Im Dunkeln, das gar nicht so richtig dunkel war, sodass sie ihre Taschenlampen gar nicht brauchten. Der Mond ließ den Sand strahlen, richtig schwarz war nur das Meer, in dem sich sein Licht kalt spiegelte und tausend funkelnde Diamanten auf die Oberfläche zauberte. Lena schauderte. Um nichts in der Welt würde sie nachts in diese schwarze, wabernde und leise glucksende Flüssigkeit gehen. Wer wusste schon, was da drin lauerte? Tagsüber Wasserratte, nachts doch lieber Landei. Aber laut sagte sie nichts. Geradezu verzweifelt suchte sie nach einem Gesprächsthema. Ihr Herz klopfte, ihr Verstand tobte wie das Meer bei Wetterwechsel und kein vernünftiges Thema schaffte es bis auf ihre Zunge. Goethe gab derweil den Clown. Rein ins Wasser, raus

aus dem Wasser, im Sand wälzen und mit der Schnauze durch das Wasser pflügen, prusten, sich schütteln und ausgelassen bellen. Lena schluckte. Lucas war ganz dicht neben ihr, die Hände in den Hosentaschen vergraben, die Haare mit einem Tuch zurückgebunden, konzentriert in die Nacht schauend, voller Sorge um seinen kleinen Bruder. Lucas, dessen bloßer Anblick ihr so ein merkwürdiges Ziehen im Bauch bescherte. Aber trotzdem, Lucas war jetzt nicht wichtig, jetzt zählte nur, so schnell wie möglich Tobi zu finden. Sie waren schon fast eine halbe Stunde unterwegs, als Lucas ungeduldig einen Stock ins Wasser schmiss, den Goethe freudig kläffend verfolgte. »Kann dein Hund vielleicht mal was Vernünftiges tun und Tobi suchen?«, motzte der Undankbare.

Ja, ging's denn noch? Sie taten doch schon, was sie konnten, um seinem Bruder zu helfen, oder? Kein Grund, seine üble Laune an ihnen abzulassen.

»Er kann nur finden, was da ist. Vielleicht ist Tobi ja am anderen Ende der Insel?«, fauchte sie gekränkt zurück. Doch dann seufzte sie und rief Goethe bei Fuß. Eigentlich verständlich, dass Lucas gereizt war und sich nicht so ganz im Griff hatte. Ginge ihr an seiner Stelle vermutlich ebenso. Eine vertrackte Situation war das, wirklich.

»Goethe, such Tobi, ja? Such, wo ist der Tobi? Wo ist dein Freund, such, na los!«, forderte sie ihren spielwütigen Hund auf. Sie konnte ja wenigstens so tun, als ob, der guten Stimmung wegen. Keine Ahnung, ob Goethe ein begabter Suchhund war. Er war ein guter Kumpel, ein Spielgefährte, ein Kasper, der für gute Laune sorgte, aber ein Suchhund? Beim Bernstein hatte es jedenfalls nicht geklappt.

Tapfer machte sich Goethe mit der Nase auf dem Boden davon. Nun, sie konnte ja seinen Fähigkeiten ein wenig nachhelfen. Sie nahm ihre Taschenlampe, schaltete sie ein und zückte ihr Notizbuch.

»Musst du jetzt Romane schreiben? Tobi ist verschwunden, wir haben echt Wichtigeres zu erledigen.« Oh, der konnte vielleicht eklig sein.

»Goethe findet Tobi jetzt sofort unverletzt«, kritzelte sie schnell und hoffte, dass das Buch ausnahmsweise ihren Wunsch einfach mal erfüllen würde, ohne widrige Umstände, ohne böses Erwachen oder hinterlistige Haken.

Sie mussten eiliger gehen, um Goethe nicht aus den Augen zu verlieren. Dann mussten sie laufen und schließlich ziemlich schnell rennen. »Goethe, langsam! Hiergeblieben! Jetzt warte doch!«, rief sie, doch er raste wie der Blitz über den Strand, verschwand in den Dünen und aus ihrem Blickfeld.

»Er ist weg«, japste Lena.

»Das kann ja wohl nicht wahr sein. Der hat was gefunden! Los, mach jetzt nicht schlapp.«

Was? Schlappmachen? Sie, Lena? Wenn Lucas bei ihr war? Sie würde sich nie und nimmer diese Blöße geben, also echt. Sie holte tief Luft und das Letzte aus ihren Lungen. »Also weiter, vielleicht hören wir ihn ja.«

In dem Augenblick ertönte laute Musik. Beide fuhren erschrocken zusammen, bis Lena begriff, dass ihr Mobiltelefon in ihrer Jackentasche tobte. »Oh Mist, sorry.« Wäre es nicht Nacht gewesen, hätte Lucas ihre roten Wangen bemerkt. Wie peinlich. Hoffentlich nicht ihre Mutter oder so. Ah, nein, es war Lilli. »Was gibt's Lilli, habt ihr ihn?«, keuchte sie in ihr Telefon.

»Nein, das nicht, aber Paule war verschwunden und kam eben angetrottet. Allein. Komplett gesattelt und aufgetrenst, allerdings sind die Riemen nicht richtig verschnürt, da war der totale Nullblicker am Werk.«

»Ja und?«

»Na ja, einer der Pfleger will einen Jungen hier gesehen haben. Die Zwillinge meinen, dass Tobi sich vielleicht Paule geschnappt hat und abhauen wollte. Aber Paule ist ja nicht so einfach und schon gar nicht nachts, der hat sich bestimmt irgendwie erschreckt und Tobi abgeworfen.«

»Aber warum sollte er das tun?«

»Was? Abwerfen? Geräusche, Tiere, weiß der Himmel.«

»Nein, ich meine, warum sollte Tobi mit Paule abhauen?«

»Auch keine Ahnung, wir suchen hier jedenfalls die Umgebung ab. Die Leute vom Reitstall helfen.«

»Alles klar, ich sag Lucas Bescheid. Ist ja von hier nicht so weit bis zum Stall, tschüss.«

Lucas stand schon nervös trippelnd neben ihr. »Also, was?«

»Lilli meint, dass sich Tobi Paule geliehen hat und mit ihm durchbrennen wollte, unterwegs aber runtergefallen ist, weil Paule ohne Reiter wieder in den Stall gelaufen kam.«

»Scheiße, Mann.«

»Ja. Komm, vielleicht findet ihn Goethe ja wirklich.« Von dem fehlte nämlich weiterhin jede Spur. Nichts war zu hören, nichts zu sehen. Vorsichtig stapften sie im Gänsemarsch einen Weg entlang, der durch Gebüsch und hüfthohes Dünengras führte. Hier war es jetzt doch ziemlich dunkel und Lilli war froh, dass sie dicht hinter Lucas hergehen konnte.

»Hör mal.« Lucas blieb stehen und lauschte. »Da war doch was?«

Lena pfiff leise. »Goethe? Bist du hier? Goethe!« Es raschelte und schnaufte und eine Diesellok schien sich den Weg durchs Gebüsch zu bahnen. Zum Glück fand man Goethe überall wieder, er machte Geräusche für zehn Suchtrupps.

»Wo kommst du her? Na, zeig uns, wo du herkommst«, forderte sie ihn auf. Tatsächlich verschwand er wieder in den Büschen, kläffte sogar leise. Lassie war das absolute Seepferdchen gegenüber Goethe, dem Star der Spürnasen.

Doch als Lena fast über das Hippie-Hundemädchen stolperte, verfluchte sie ihren Stolz auf Goethe sofort. »Sag, dass das nicht wahr ist, sag sofort, dass du dich nicht hier mit deiner . . .«, schimpfte sie, doch Goethe, dicht gefolgt von seiner Liebsten, und Lucas stürmten bereits weiter. Nein, da war mehr als eine Liebschaft in einer lauen Sommer-Mondnacht. Goethe hatte wirklich etwas gefunden.

Nur wenige Schritte weiter entdeckten sie endlich Tobi. Der saß tränenüberströmt an einen dicken Stein gelehnt, ein unglücklicher Riesenhaufen Elend, bepackt mit den Sorgen einer ganzen Schulklasse am Zeugnistag.

»Tobi, du Verrückter, was machst du hier!«

»Bist du verletzt? Tut dir was weh? Mensch, da ist Blut an deiner Backe, hast du dir den Kopf angeschlagen?«

Wo war doch gleich Tante Pi? Die hatte es doch beim letzten Mal so wunderbar geschafft, ihn zum Reden zu bringen.

»Nur ein Kratzer, tut nicht weh«, schluckte Tobi schwer. Seine Stimme klang heiser, tief und gar nicht nach Tobi.

Lena wühlte in ihren Taschen. Mobiltelefon, wo bist du? Tante Pi, Jonas und Lilli waren schnell informiert. Nein, Tobi war so weit in Ordnung, sie würden versuchen, ihn zum Campingplatz zu bringen, das war besser, als wenn die gesamte Suchmannschaft hier durch die Dünen stampfen würde. Sie warf ihm einen kritischen Blick zu, wie er da saß, den Oberkörper wiegte und schaukelte, als müsse er ein Baby beruhigen. Vielleicht doch lieber einen Krankenwagen? Nein, sie würden es so probieren, bestimmte Lucas.

»Kannst du gehen? Nein? Aufstehen wenigstens?« Gemeinsam hievten ihn Lucas und Lena in die Höhe. Aber es waren weniger die Verletzungen, vielmehr die Erschöpfung und die Hoffnungslosigkeit, die Tobis Beine immer wieder einknicken ließen.

»Wo ist Paule?«, schniefte er, nachdem Lena ihm ein zerknittertes Taschentuch gereicht und er sich zaghaft die Nase abgewischt hatte.

»Paule ist nach Hause gelaufen, dem geht's gut. Deshalb wussten wir ja auch, dass du irgendwo abgeworfen worden bist.«

»Paule kann nichts dafür. Da war ein Tier in den Büschen, vielleicht eine Ratte oder ein Hund«, sein Blick suchte die kleine Hundehippie-Dame, die unbekümmert im Sand stöberte, »und da hat er sich erschreckt. Weil ich die Steigbügel verloren habe, bin ich einfach an der Seite runtergerutscht. Im vollen Galopp!« Klang da etwa ein bisschen Abenteuerstolz durch? Na, du bist mir einer, dachte Lena. Vielleicht erzählst du uns mal, warum du Paule überhaupt geklaut hast! Aber laut sagte sie nichts. Sollte Lucas doch fragen, war ja schließlich sein Bruder, oder? Doch der gab wieder mal den schweigsamen Piraten.

»Jetzt krieg ich meinen Stein nicht zurück«, heulte Tobi unvermittelt auf.

»Wieso das denn?«, fuhr ihn Lucas an. Aha, dachte Lena, der schweigt, weil er so sauer ist, und wenn er etwas sagen würde, dann wäre es etwas ziemlich Unfreundliches, und das will er nicht.

»Wenn ich eine Runde um die Insel geschafft hätte, dann hätten sie mir meinen Stein wiedergegeben.«

»Ja, bist du völlig bekloppt, oder was? Wer erzählt denn so einen Schwachsinn!«, schimpfte Lucas, froh, ein Ventil für seine Wut zu haben. »Was hat denn ein idiotischer Ausritt mit deinem blöden Stein zu tun? Du hättest mit Paule wer weiß wo stürzen können. Er hätte sich die Beine und du das Genick brechen können, ich könnte kotzen, wenn ich daran denke, und du hast nur diesen bescheuerten Stein im Kopf!«

Oha, jetzt fehlte wirklich nur noch ein kräftiger Piratenfluch, in der Art von »du verrottete, stinkende, muränenkotzige Aasmöwe, bist blöder als drei Meter Schiffsplanke«. Lena machte sich vorsorglich ganz klein und konzentrierte sich auf die schwere Arbeit, Tobi aufrecht zu halten und vorwärtszuziehen. Ganz schön anstrengend. Sie schwitzte schon jetzt wie Paule nach einem zweistündigen Ausritt mit Lilli. Vielleicht wäre es doch besser gewesen, sie hätten auf die Erwachsenen gewartet, aber gut, nur einfach weiter, den Mund halten und sich nicht bei den beiden Streithammeln einmischen.

»Ach ja und du dämlicher Besserwisser kommst im Nachhinein mit deinen schlauen Sprüchen. Die haben meinen Stein geklaut, die schütten nachts Wasser über mich und die pinkeln in meine Schuhe, die dürfen alles, ja? Die dürfen mich auslachen, mir wehtun und ich soll schön brav sein? Wo bist du denn, wenn sie in mein Essen spucken und ich kein neues bekomme? Wo bist du, wenn sie mir beim Fußball ein Bein stellen und sich kaputtlachen, hä?« Tobi explodierte. Sämtliche Schmähungen, Verletzungen und Gemeinheiten, die er bisher hinuntergeschluckt hatte, brachen aus ihm heraus wie Eiter aus einem Geschwür. Zack, da habt ihr den Käse. Zack, fühlt euch mal schön schuldig. Zack, wo wart ihr, als ich Hilfe brauchte.

Lena schluckte. Mist, das hatte sie ja alles nicht gewusst. Und sie fühlte sich so verflucht schuldig an der ganzen Misere. Sie hätte sich kümmern müssen, hätte so lange in ihr Wunschbuch schreiben müssen, bis Tobi wirklich seine Ruhe hatte: jeden Tag zehnmal »Die Mobber lassen Tobi sofort in Frieden« oder so etwas. Sie hatte nicht nur Tobi nicht geholfen, sondern ihn auch den verfluchten Stein finden lassen, der ihm gestohlen worden war und ihn zu diesem sinnlosen Austritt getrieben hatte. Sie hatte ihm Mut gewünscht, der ihm nichts als einen Sturz von der höchsten Kletterplattform und jede Menge Ärger eingebracht hatte. Sie und ihr Buch hatten die Möglichkeit und Macht, in so einem Fall einzuschreiten, und sie hatte mal wieder versagt. Auf völlig totaler Komplett-Linie. Versagerin, Loserin, Niete. Sie war den Tränen nahe. Vor Scham und Schmerz achtete sie nicht auf den Weg und stolperte über eine angeschwemmte Wurzel. Jetzt liefen auch ihr die Tränen über die Wangen.

»Gut, dass wir gleich da sind«, knurrte Lucas, »jetzt heulst du auch noch, das ist ja nicht zum Aushalten.« Aber es gab nichts, was er Tobi entgegnen konnte. Oder Lena. Denn hatte sein Bruder nicht recht? Hätte er, der Ältere, ihm nicht helfen müssen?

Kapitel 14

Na, das gab eine Aufregung, als sie mit Tobi im Schlepptau zum Campingplatz kamen. Die halbe Insel hatte sich eingefunden, so hatte es den Anschein, und drängte sich auf dem kleinen Platz zwischen Zelt und pinkfarbenem Ei. Die Siegesfeier des Fußballturniers hatte sich in eine Such-und-Sorgenmach-Aktion für Tobi gewandelt und wurde nun zum Freudenfest über die gelungene Rettung. Kaum, dass sie aus der Dunkelheit auftauchten, stürmten erleichterte Schreie, Umarmungen, Jubel und – Vorwürfe auf sie ein. Tobi wurde hin und her gezerrt, von links nach rechts geworfen wie ein Segelboot bei hohem Wellengang und drohte schließlich unterzugehen. »Kannst du ihn nicht einfach ins Ei befördern, bevor er zerquetscht wird?«, wisperte Lena ihrer Tante zu, die ihn gemeinsam mit Pino vor dem Ansturm abschirmte. Die allgemeine Panik lenkte völlig davon ab, weshalb Tobi dieses waghalsige Unternehmen gestartet hatte: Er wollte seinen Bernstein zurückhaben. Tobi musste einfach so schnell wie möglich in sein Zimmer, in sein Bett und unter das Kopfkissen schauen, dann gäbe es zumindest ein Problem weniger in diesem Tohuwabohu.

»Gut, dass wenigstens die Leute vom Reitstall vernünftig waren und eingesehen haben, dass kein Schaden entstanden und demnach keine Anzeige nötig ist«, meinte Tante Pi, als sie Tobi unter Pinos Begleitschutz zum Campingwagen schob. »So, da bist du sicher wie ein Küken in der Eierschale«, meinte sie, bevor sie energisch die Tür schloss. Nicht um Tobi am Fortlaufen zu hindern, sondern um ihn vor den Massen zu schützen.

Es war ein schwerer Kampf, der nun begann. Was sollte mit Tobi geschehen? Klar, dass Tante Pi und Pino keinerlei Möglichkeiten hatten, Tobi in ihre Obhut zu nehmen, bis seine Eltern eintrafen. Er gehörte zum Camp und seine Eltern hatten die Aufsichtspflicht der Campleitung übertragen, so einfach war das. Punkt. Tante Pis Bedenken bezüglich der Qualität der Campleiter waren durchaus nachvollziehbar. Schließlich hatten sie von den Vorgängen unter den Jungs angeblich nichts geahnt. Und weil Tobi absolut keine Namen nennen wollte, blieben auch alle Vorwürfe und Geschichten, die er erzählte, eben Geschichten ohne Hand und Fuß, ohne Beweise und Beschuldigte. Wo kein Kläger, da kein Richter, stellte Pino frustriert fest. Lena fand das höchst bedauerlich. Sollten die fiesen Mobber ohne Strafe davonkommen? Aber Tante Pi, die mehrmals zu Tobi ins Ei schlüpfte, um ihm den Stand der Verhandlungen zu übermitteln, kam immer wieder kopfschüttelnd heraus. Nein, er blieb dabei und würde nicht petzen, wie er sich ausdrückte. Natürlich schwirrten die Namen der Bösewichter wie Stechmücken zwischen den Beteiligten. Aber ohne Fliegenklatsche war nichts auszurichten.

»Weißt du, er sieht nicht nur aus wie ein Engelchen, er scheint auch eines zu sein«, flüsterte Lena ihrer Freundin zu.

»Wenn die keine Strafe kriegen, platze ich vor Wut über die Ungerechtigkeit, Engel hin oder her«, knurrte Lilli mit geballten Fäusten. Noch immer trug sie Ruben nach, dass sie sich so sehr in ihm getäuscht hatte.

»Hier tobt Gut gegen Böse. Der gute goldene Engel gegen die finsteren, heimtückischen Vampire«, deklamierte Lena, als ob sie die Erzählerin für ein Theaterstück wäre.

»Ich hasse Vampire. Nie wieder lese ich ein Buch mit Vampiren. Und schon gar keines mit schönen Vampiren.« Lillis Blick traf Ruben, der es gewagt hatte, ebenfalls aufzutauchen. Was für eine Unverschämtheit – und dann sah er auch noch unsagbar schön aus im Mondlicht. Dafür würde ihn sein Lächeln enttarnen, wenn seine spitzen, langen Zähne durch die Nacht leuchten. Momentan gab er sich allerdings ganz der Rolle des besorgten Freundes und Bruders der Zwillinge hin, die er vermisst zu haben vorgab. Der Lügner, der Betrüger. Lilli konnte sich gar nicht einkriegen, so viele Schimpfworte fielen ihr ein.

»Der Thijs, der ist gar nicht so bescheuert«, erklärte sie, als sie sich ausgepoltert hatte. »Der war vorhin im

Reitstall total besorgt. Und Levi, nun, den hat's nicht wirklich interessiert, aber er hat sich am Mobbing wenigstens nicht beteiligt, sagt er.« Sie beobachteten, wie Ruben von den Zwillingen begrüßt wurde: völlig normal. Nichts deutete darauf hin, dass sie ihn wegen seiner Untaten verurteilten.

»Sind eben seine Brüder.« Lena zuckte mit den Schultern.

»Schon, und was heißt das? Ich muss auch nicht alles toll finden oder unterstützen, was Nina so verbricht, das wäre doch fürchterlich!«

»Ist ja gut, sind bestimmt nicht alles blutrünstige Vampire in der Familie.«

»Apropos Familie – es wäre doch mal langsam Zeit einzugreifen, oder?«

Stimmt. Lena schlug sich mit der Hand an die Stirn. Meine Güte, höchste Zeit, dem Guten mit ein wenig Zauberei Beine zu machen. Sie schnappte sich ihr Buch und zog sich in den Schein einer Sturmlaterne zurück. Lilli folgte ihr, als Formulierungshilfe hatte sie sich bisher bestens bewährt.

»Erstens, Tobis Eltern müssen ganz schnell hier eintreffen. Zweitens, die Mobber lassen Tobi ein für alle Mal in Ruhe. Drittens, die gerechte Strafe. Wie könnte die aussehen?«

»Lilli, wir können uns doch keine Strafe ausdenken, nicht im Kampf Gut gegen Böse. Fangen wir mit den Eltern an, das ist am einfachsten.«

»Morgen früh sind Tobis Eltern hier«, schrieb sie kurz und knapp. »Sonst noch was?«

»Nein, ich glaube, alles Weitere überlassen wir denen. Sind ja schließlich Eltern, die wissen schon, was zu tun ist, oder?«

»Pah«, machte Lena und in diesem »Pah« konnte man ihre Meinung zum Thema Elternwissen genau heraushören. »Dann sind sie wenigstens auch zu Lucas' DJ-Wettbewerb da.«

»Meinst du, er nimmt noch teil?«

»Er muss«, grinste Lena. »Ich glaube, da versteht das Buch keinen Spaß.«

»Also gut, sollen sie noch ein bisschen feiern, bevor es an die Heimreise geht. Mach weiter, jetzt kommen die Mobber dran.«

»Ab sofort ärgern Bram, Ruben und ihre Freunde Tobi nicht mehr. Sie sind ihm gegenüber nett, freundlich und hilfsbereit, tun ihm nichts mehr zuleide und sie stehlen ihm keine Dinge.«

»Kannst du nicht deutlicher werden? Keine Dinge stehlen – wer weiß, was ihnen noch einfällt.«

»Hm, sie können ihm ja wohl kaum Körperteile stehlen, aber ich überlege . . . wir schreiben einfach: Sie stehlen ihm überhaupt nichts mehr, ja?«

»Wir sollten Tobi noch was Gutes wünschen. So eine Art Wiedergutmachung. Guck, Lucas gewinnt den DJ-Wettbewerb, Jonas hat die Fußball-Meisterschaft gewonnen und Tobi? Soll der als Einziger ohne Pokal nach Hause gehen? Der bekommt sicher Komplexe, wenn seine Brüder solche Asse sind. Ich finde, da muss noch was passieren.«

»Stimmt, unsere drei Asse. Gibt's beim Reiten nicht ein Schleifchenturnier oder so etwas?«

»Schon. Vereinsturniere zum Beispiel. Da ist nur nichts geplant an diesem Wochenende, du müsstest schnell mal . . .« Lilli deutete wedelnd auf Lenas Wunschbuch. Lena nickte. War ja keine große Aktion, so ein kleines Turnier zu organisieren, und für Tobi wäre es das Beste, so schnell wie möglich wieder auf ein Pferd zu steigen. Also schrieb sie: »Morgen findet ein Vereinsturnier im Reitstall statt und Tobi gewinnt in seiner Altersklasse.« Lilli nickte zufrieden. So hatte sie auch noch die Chance auf einen Turniersieg. Mit ihrem Paule konnte da nichts schiefgehen.

»Soll ich für dich . . .?«, fragte Lena, die das Glitzern in Lillis Augen richtig gedeutet hatte.

»Nein, also wirklich, das schaffe ich schon alleine«, protestierte Lilli schnell. Auf keinen Fall wollte sie Hilfe von Lenas Wunschbuch. Nachher gewann sie noch ein Turnier beim Wellenreiten, musste auf einer Kuh antreten oder es gab gleich einen Bullriding-Wettbewerb.

»Jetzt noch eine Strafe für die Mobber. Wenn die nicht wenigstens drei Tage Durchfall kriegen, dann will ich ein Jahr nicht mehr auf Bosco reiten.«

»Bitte nicht, Lilli, das würdest du nie aushalten!«,

lachte Lena. »Lass uns morgen eine saftige Strafe überlegen, schau, die Versammlung scheint sich aufzulösen. Höchste Zeit, dass Tobi seinen Bernstein findet.«

Nachdem die Hälfte der Massen zur eigentlichen Feier abgezogen war und die Zwillinge Jonas überredet hatten, sich ebenfalls noch ein bisschen feiern zu lassen, wagte Tante Pi, Tobi wieder aus dem Ei schlüpfen zu lassen, und übergab ihn widerwillig Lucas und dem Campleiter.

»Mach's gut, Tobi, ruh dich ein bisschen aus. Das wird schon wieder, wirst sehen«, winkte ihm Lena nach und Lilli drückte ihn aufmunternd an sich. »Na los, jetzt tut dir bestimmt keiner mehr was.«

Obwohl sich Lena und Lilli am nächsten Tag mächtig anstrengten, um zu erfahren, was im Camp passierte, bekamen sie überhaupt nichts mit. Höchst ärgerlich. Es war schon fast Mittag und noch immer wussten sie nicht, ob Tobi tatsächlich seinen Bernstein unter dem Kopfkissen gefunden hatte und nicht doch eine glitschige Krabbe oder einen stinkenden Fisch, ob die Eltern der Asse eingetroffen waren und ob die fiesen Mobber endlich zu handzahmen Mopsen geworden waren. Das war so unbefriedigend, dass Lena Ruben und Bram tatsächlich einen harmlosen, aber ganz und gar unangenehmen Durchfall ins Wunschbuch schrieb, während Lilli auf dem Weg in den Reitstall war. Schon am frühen Morgen hatte man überall Plakate mit dem Vermerk »Reitturnier für Schnellentschlossene! Anmeldung bis 13.00 Uhr!« hängen sehen und Lilli war überhaupt nicht zu ertragen gewesen, bis sie sich endlich angemeldet hatte.

»Du bist süchtig«, hatte ihr Lena besorgt erklärt. »Süchtig nach Turniererfolgen. Die letzte Saison war eindeutig nicht gut für dich.«

»Quark erzählst du da. Mit einem normalen Turnier hat das nichts zu tun. Da steht »Vielseitigkeitsprüfung«, was auch immer das heißen mag. Normalerweise wären das Springen, Dressur und Gelände, aber das können sie mit Kindern kaum machen.«

»Egal, ich bin zum Daumenhalten jedenfalls dabei, was auch immer du tun musst.«

»Und, schon was vom Camp erfahren?«, fragte Lilli prompt, als sie von der Anmeldung zurückkam. Das heißt, nachdem sie Lena gefunden hatte, die sich mit Tante Pi einen Strandkorb erobert hatte und Pino beim Surfen zusah. Wenn er »warm« war, wie er sich ausgedrückt hatte, würde er Lena Unterricht geben. Jetzt saß sie gespannt wie ein Flitzebogen auf ihrem Handtuch und hatte Tobi schon fast vergessen.

»Nein, nichts passiert.«

»Bist du denn gar nicht neugierig?«

»Ich platze gleich«, meinte Lena abwesend, völlig von Pinos Surfkünsten gefesselt, der pfeilschnell über das Wasser schoss. Fast konnte man meinen, er würde fliegen und nicht nur meterweit über die Wellen springen. Da, war das nicht ein Salto gewesen? Zumindest ein halber. Lena klatschte.

»Könntest du wenigstens mir zuliebe schreiben, dass jetzt sofort eines der Asse hier auftaucht und mich aufklärt, was gestern und heute im Camp passiert ist?«

»Mach doch selber«, murmelte Lena.

»Lena, hallo!«, schrie ihr Lilli ins Ohr und endlich war sie ansprechbar.

»Hey, brüll doch nicht so!«

»Träumst du davon, Miss Supersurf zu werden?«

»Pino hat mir vorhin ein paar Tipps gegeben. Krass, jetzt hat er schon wieder einen Kick-out hingelegt!« Begeistert sprang sie auf.

»Ach. Ich hätte jetzt wirklich gerne gewusst, wie es Tobi geht. Kick hin oder her, ist mir egal.«

»Jonas kommt an den Strand und erzählt uns, was seit gestern passiert ist«, schrieb Lena schnell, ohne Pino aus den Augen zu lassen. Sie konnte es kaum erwarten, bis er Zeit für ihren Unterricht hatte. Sie warf einen schnellen Blick auf Tante Pi. Eingeschlafen. So sehr bewunderte sie also die Darbietungen ihres Liebsten, dass sie dabei einschlief. Unfassbar. Sogar Lilli döste schon vor sich hin.

»Hi, was geht?« Lena blinzelte in die Sonne. Aha, wie bestellt. Jonas, der Berichterstatter. Sie knuffte Lilli in die Seite.

»Besuch. Hi, Jonas, wie läuft es bei euch? Haben sich alle wieder beruhigt?«

Ohne zu fragen, ließ er sich neben Lenas Handtuch nieder. Klar, wenn jemand ihn freiwillig aufforderte, etwas zu erzählen, konnte er nicht widerstehen. »Alles wieder in Butter. Voll krasses Programm, sag ich euch. Erst das Fußballspiel, Hammer, ich bin immer noch ganz high. Dann der Ausraster von Tobi, dann findet er seinen Stein wieder und heute früh stehen plötzlich unsere Eltern im Frühstücksraum, als wüssten sie selbst nicht, wie sie dahin gekommen sind.«

Prima, dann war ja alles klar. Das waren eigentlich schon die wesentlichen Infos, die sich Lena erhofft hatte. Jetzt könnte eigentlich Pino auftauchen, um sie zum Surfen abzuholen. Obwohl, wenn Jonas hier saß und zuschaute, musste das wiederum nicht sein. Unschlüssig spielte sie an den Bändern ihres Bikinis.

»Erzähl genauer«, forderte Lilli Jonas träge auf. Wie konnte sie nur! Weil sie im Halbschlaf sowieso nur die Hälfte verstand, hieß das ja nicht, dass sich auch Lena stundenlang Jonas' Geschwätz anhören wollte. Aber zu spät, der Startknopf war gedrückt und Lena und Lilli waren für die nächsten Minuten zum Zuhören verdammt.

»Na, jetzt muss ich aber wieder los«, schloss Jonas schließlich unvermittelt, »meine Eltern betreuen. Tobi ist im Reitstall, da findet nachher so ein Spontan-Turnier statt, und Lucas ist schon den ganzen Vormittag im Musikkeller und sucht Songs für heute Abend aus. Er hat's drauf, sag ich euch, der bringt jeden auf die Tanzfläche, ich wette, selbst Goethe wird nicht widerstehen können.« Er tätschelte Goethes Po, der hinter dem Strandkorb hervorlugte. Goethe seufzte zufrieden, streckte sich kurz, ließ entspannt ein wenig Luft entweichen und sank wieder in tiefen Schlaf.

Haha, jetzt lässt du deine Finger von Goethe, grinste Lena vor sich hin, als Jonas aufsprang und rief: »Boah, was ist das denn für ein Gestank. Der riecht ja schlimmer als Ruben und Bram zusammen, die blockieren schon den ganzen Vormittag die Klos!« Die Duftwolke war Jonas genau vors Gesicht gezogen, bevor sie vom Wind verteilt wurde. »Ja, also bis später, ihr kommt, oder?«

»Klar, wir sind dabei.« Lena hob die Hand als Sonnenschutz vor die Augen und sah wenigstens zu ihm auf. Lilli hingegen hob nur ihre Hand, wedelte in eine unbestimmte Richtung, was man als Zustimmung oder Rausschmiss auffassen konnte und Tante Pi und Goethe reagierten gar nicht. Benehmen, Verstand und Energie waren völlig von der Sonne ausgetrocknet, diagnostizierte Lena.

»Warst du das?«, murmelte Lilli mit letzter Kraft.

»Hm?« Lena beobachtete schon wieder konzentriert die Surfer. Zumindest tat sie so, denn in ihrem Hals gluckste es bedrohlich, seit Jonas Rubens und Brams Gestank angedeutet hatte.

»Na, die Stinkerei bei den Mobbern.«

»Hmmmmm.« Zum ersten Mal seit langer Zeit war sie zufrieden mit ihrem Wunschbuch.

Kapitel 15

*I*ch mach da nicht mit.« Mit schreckgeweiteten Augen starrte Lilli wenig später auf den Bewertungsbogen für das Turnier. »Was soll denn dieser Schwachsinn: Reiten an der Longe! Pferd durch Parcours führen! Bullriding! Sag mal, ticken die noch richtig? Das ist kein Reitturnier, das ist ein Kindergeburtstag!« Wütend zerknüllte sie die Teilnehmerinfo, die ihr eben Gesa in die Hand gedrückt hatte, und pfefferte sie in einen Mülleimer. Bedrückt stand Lena neben ihr. Während rings um sie herum die Kinder wuselten und aufgeregte Eltern über den Hof zerrten, standen sie wie zwei Gipsstatuen inmitten des Tumults.

»Niemals! Ganz sicher nehme ich an keinem Bullriding-Wettbewerb teil. Und Pferde sind nicht zum Führen, sondern zum Reiten da! Außer sie lahmen, sind steinalt oder noch nicht beritten, natürlich. Nein, ohne mich.« Sie hielt einen kurzen Augenblick in ihrer Tirade inne. Ihr zorniger Blick blieb an Lena haften. »Hast du da deine Finger im Spiel? Sag es sofort. Wenn du es gewagt hast, einen Eintrag in dein Hexenbuch zu machen, dann . . .«

»Nein, Ehrenwort, ich schwöre es! Nur das, was wir gestern gemeinsam geschrieben haben«, rief Lena erschrocken. Wie konnte Lilli an ihrem Versprechen zweifeln. Siehe da, es geschahen auch seltsame Dinge ohne Zutun ihres Buches. »Hier lies selbst – nix steht da von deinem Turnier, nur dass Tobi in seiner Altersklasse gewinnen soll.« Zum Beweis für ihre Unschuld hielt sie Lilli ihr Buch unter die Nase.

»Wenn du möchtest, könnte ich jetzt vielleicht eine kleine Notiz . . .«, bot sie zaghaft an. Sie wollte ja nicht, dass Lilli sich ärgerte, Bullriding machen musste oder ihr wirklich die Freundschaft kündigte. Bescheuertes Wunschbuch. Schon wieder nichts als Ärger damit. Selbst wenn es gar nicht benutzt wurde. Weg damit. Sie war kurz davor, das leidige Ding an das nächstbeste Pferd zu verfüttern.

»Untersteh dich! Ich gehe zu Gesa und melde mich einfach wieder ab. Kann mich ja keiner zwingen, oder?« Wütend bahnte sie sich einen Weg durch die Eltern- und Kindermassen. Ach, da drüben wartete auch Tobi mit seiner Familie, gestiefelt und gespornt für das Turnier. Nur Lucas fehlte, dafür waren die Zwillinge ebenfalls in der Nähe. Von Weitem konnte man glatt annehmen, dass es sich um eine Großfamilie mit vier Kindern handeln würde, so ähnlich sahen sich die Jungs. Lena grinste. Die arme Mutter, mit Lucas wären das fünf Jungs! Ruben konnte man ja getrost vergessen.

Gemächlich folgte sie Lilli und kam genau zum richtigen Zeitpunkt dazu, als Lilli der Reitlehrerin mit empörter Miene ihr »Tut mir leid, Gesa, ich mache da nicht mit!« entgegenschleuderte. Gesa guckte erst verwirrt, blätterte in ihren Unterlagen und brach dann in schallendes Gelächter aus.

»Zeig mir deine Anmeldung, Lilli.«

»Hab ich zerknüllt und weggeworfen.«

»Ich befürchte, da ist uns ein Fehler unterlaufen, sorry. Du und Paule nehmt natürlich am Springwettbewerb teil, nicht am Reit- und Spiel-Turnier. Beeil dich, in zwanzig Minuten geht es los und du hast Startnummer drei. Du musst Paule noch satteln und warmreiten.« Lilli sah sich hilfesuchend um. »Schnell, Lena, wir müssen ... ich muss ...!« Sie stürzte zur Sattelkammer, bevor Lena ein einziges Mal blinzeln konnte. Lillis Stimmung war gerettet, der Siegeswille geweckt und das Blitzen in den Augen wieder da. Fein, zweifellos würde Lilli das Springturnier auch völlig ohne Wunschbuch gewinnen.

»So, *wir* müssen also«, murmelte Lena. So kopflos wie Lilli eben davongerannt war, sollte sie am besten schnell nach Paule sehen und ihn zum Sattelplatz führen. Lilli war so hektisch, die würde vor Aufregung glatt das falsche Pony satteln. Doch Tobi stellte sich ihr in den Weg.

»Los, Lena, ich bin gleich dran, aber ich möchte Goethe noch meinen Eltern zeigen.« Ohne ihre Antwort abzuwarten, zog er sie am Ärmel. Sie konnte noch froh sein, dass er ihr nicht gleich Goethes Leine aus der

Hand gerissen hatte. »Ähm, und dich natürlich«, fügte er schnell hinzu. Ach so, na dann war ja alles klar.

»Du, stell dir vor, den Stein habe ich auch wieder. Irgendjemand hat ihn unter mein Kopfkissen gelegt. Ich habe ihn gleich Mama gegeben, damit er nicht wieder wegkommt. Sie hütet ihn wie ihren Augapfel, hat sie gesagt. Und zu Hause gehen wir zu einem Fachmann, der schätzt ihn und vielleicht kommt er dann ins Museum, sagt Papa, weil er so schön ist und es doch schade wäre, wenn er bei uns zu Hause nur rumliegt und ihn keiner bewundern kann, sagt Mama. Und ärgern tun die mich jetzt auch nicht mehr. Die sind plötzlich alle ganz nett zu mir.« Ganz Jonas' Bruder, stellte Lena fest, kaum ging es ihm gut, quasselte er einen in Grund und Boden.

»Mama, Papa, das ist Goethe – und das ist Lena, Goethes Frauchen. Ist er nicht ein Lieber? Und so weich! Was für schöne Ohren er hat und seine Augen, er ist so lieb.« Tobi kniete vor Goethe, schlang die Arme um seinen Hals und drückte sein Gesicht in Goethes Fell. Ja, so macht man es richtig, wenn die Eltern ein schlechtes Gewissen bekommen sollen, dachte Lena. Der Vater – richtig, war der nicht allergisch? Oder die Mutter? Egal, das Ergebnis war jedenfalls dasselbe – machte einen Schritt nach hinten und wäre dabei fast über ein Pony gefallen. Hier musste für einen Menschen mit Tierhaarallergie der allerschrecklichste Platz der ganzen Welt sein. Und tatsächlich, Tobis Vater griff in seine Jackentasche, holte ein Mundspray heraus und anschließend eine Packung giftgrüner Tabletten.

»Du bist also Lena. Schön, dich kennenzulernen. Ich bin Tobias Mutter, Passauer mein Name. Wir haben wirklich viel von dir und Goethe gehört. Na ja, eher von Goethe. Danke für alles.« Tobis Mutter streckte Lena eine feste, raue Hand entgegen. Eine Hand, die eben eine komplette Entrümplung, einen Umzug, mehrere Putzaktionen, eine halbe Renovierung und wenig Pflege erhalten hatte. Lena nickte, unsicher, was sie nun sagen sollte. Goethe hatte es einfacher. Er gab mal wieder Pfötchen und war damit der Star aller Herzen.

»Kein Problem«, nuschelte sie schließlich und knuddelte Goethes Ohren, um irgendetwas zu tun, und weil ihr nichts Besseres einfiel. »Goethe hat ja auf Tobi aufgepasst.«

»Trotzdem, herzlichen Dank. Wir hatten keine Ahnung, dass es ihm schlecht ging, wirklich. Die kleineren Kinder sollten nicht mit den Eltern telefonieren, weil das angeblich das Heimweh verstärkt. Und deshalb musste Tobi so schrecklich leiden. Nur Lucas hielt uns einigermaßen auf dem Laufenden, aber – na ja, er ist eben ein großer Bruder.« Sie zuckte mit den Schultern, als wäre das Erklärung für alles. Lena konnte nur vermuten, dass sie damit sagen wollte, dass größere Brüder ihren kleineren gegenüber manchmal ein bisschen zu hart wären und zu wenig einfühlsam. »Aber dann hatte ich plötzlich ein ungutes Gefühl, sodass wir uns heute früh gleich ins Auto gesetzt haben und hergekommen sind.« Sie blickte sich suchend um. »Und deine Tante? Ich würde mich sehr gerne auch bei ihr bedanken. Ist sie hier?«

»Die Dame mit dem pinkfarbenen Band um den Sonnenhut. Dort drüben.« Den Hinweis hätte sie sich sparen können. Tante Pis eindrucksvoller Hut machte sie zur Lilie unter Gänseblümchen. Sie war unübersehbar.

»Ich muss auch dorthin, meine Freundin Lilli macht beim Springturnier mit«, erklärte sie, denn Tante Pi hob eben den Sattel von der Halterung und wartete auf Lillis Anweisungen, die Paule den letzten Schliff verlieh.

»Wie heißt deine Tante?«

»Pi, also Frau . . .« Himmel, wie hieß Tante Pi doch gleich mit Nachnamen? Verflixt, es musste ihr doch einfallen. Pitrinalotta Polanski? Preschnitzki? Piotkowski, richtig. Lena fand, dass sie unbedingt Pino heiraten und seinen Nachnamen annehmen sollte, der ihr viel besser gefiel. Oder als Doppelnamen: Piotkowski-Pirocchini.

»Piotkowski«, stieß sie in letzter Sekunde hervor, bevor es peinlich wurde.

»Nicht von *der* Seite«, tadelte Lilli, als Tante Pi den Sattel auf Paule heben wollte. »Und andersrum muss er drauf.« Gehorsam warf Tante Pi den schweren Sattel auf Paules Rücken. Von der richtigen Seite, in der korrekten Richtung. Sie schwitzte, ihre Wangen hatten einen dunkelroten Farbton, der sich unschön mit dem fröhlichen Band um ihren Hut biss.

»Ich löse dich ab, Tante Pi. Hier ist Tobis Mutter, sie möchte mit dir sprechen.«

»Ach, was bin ich froh, dass du hier bist. Lilli ist schon ganz aufgeregt.« Sie zerrte die Trense von einem Haken und reichte sie Lena.

»Stimmt gar nicht!« Lilli hangelte nach dem Sattelgurt unter Paules rundlichem Bauch.

»Jedenfalls braucht sie deinen Beistand. Piotkowski – oder einfach Pi«, stellte Tante Pi sich Tobis Mutter vor und führte sie in sicheren Abstand von Paules Hufen.

»Na, ist Paule fit? Pferdedreck noch mal, das Ding ist total verknotet!« Empört hielt Lena Paules Trense in die Luft. »Wie soll ich die denn . . .«

»Wo hast du denn gesteckt? Deine Tante hat mich fast wahnsinnig gemacht. Die weiß ja nicht mal, wo beim Pferd vorne und hinten ist. Ich hab gesagt, sie soll die Mähne putzen, da bürstet sie den Schweif. Jetzt gib schon her das Teil, ich hab's eilig.« Mit wenigen Griffen ordnete sie die Trense und stülpte sie dem verblüfften Paule mit einer Bewegung über. »So.« Energisch zogen ihre Finger die Riemen fest. »Helm, Handschuhe? Nein, Gerte brauch ich nicht, ist sowieso nicht erlaubt. Na, Paule, alles klar, dann mal los.«

Mit einem Schwung saß Lilli auf Paules Rücken. Beeindruckend, gestand sich Lena ein. Eine kleine Bewegung mit der linken Wade und Paule tänzelte munter zum Einreiten. »Drück mir die Daumen, ja?«, rief ihr Lilli noch zu, bevor sie zwischen den anderen Reitern verschwand. Ja, natürlich, aber du bist sowieso die Beste, dachte Lena nur, denn Lilli hätte sie nicht mehr gehört.

Sie versuchte, Tante Pi herbeizuwinken, doch die unterhielt sich so angeregt mit Tobis Mutter, dass sie alles um sich herum vergaß. Na gut, sollte sie eben für Tobi Daumen drücken, obwohl sein Sieg so sicher wie Weihnachten war – hoffte Lena zumindest. Dafür waren Pino, Goethe und Lena bei Lilli und fieberten bei jedem Sprung bis über vierzig Grad. Eine Bewegung neben ihr lenkte sie kurz ab. Überraschung, die Zwillinge waren auch gekommen.

»Nur noch einer«, hauchte Lena andächtig. Nur noch ein Sprung, ein Oxer, nicht allzu hoch, den würde Lilli mit links erledigen. Ach, welch Erleichterung! Na bitte, war doch ganz einfach. Und eine Spitzenzeit hatte sie hingelegt, da sollte erst mal einer schneller sein. Eigentlich unmöglich. Paule und Lilli waren über die Hindernisse geflogen, hatten die Kurven geschnitten wie Formel-1-Fahrer auf dem Hockenheimring und waren unter tosendem Applaus – so tosend, wie es Lena, Pino und die Zwillinge eben hinbekamen – über die Ziellinie geprescht. Jetzt konnten sie nur noch warten, bis alle Teilnehmer durch waren. Mit hochroten Strahlewangen ritt Lilli vom Platz, klopfte Paule den Hals, der sich ausgelassen schüttelte, und winkte ihrer Fangruppe ausgelassen zu.

»Könntet ihr mal schauen, wie es Tobi ergeht?«, radebrechte Lena auf Englisch zu den Zwillingen, die wortlos nickten und sich durch die Menge verdrückten.

Zwei Wimpernschläge später standen sie schon wieder neben Lena. Die steckte auf halbem Weg zu Lilli und Paule zwischen den Zuschauern fest und kochte vor Ungeduld.

»Er gewinnt«, stellten sie lakonisch fest. »Außer es taucht noch jemand aus der Schockemöhle-Familie auf.«

»Wie heißt sein Pferd?«

»Benni.«

Ach, du meine Güte! Ausgerechnet ihr Benni! Gut, dass sie das Wunschbuch zu Hilfe genommen hatte, sonst wäre Tobi sicher noch immer unterwegs, weil Benni jeden Grashalm auf dem Weg einzeln abknabberte. Sie grinste schadenfroh. Geschah ihm recht, dem faulen Benni, dass er sich jetzt ein bisschen anstrengen musste.

Da ging ein Raunen durch die Menge. Lena drehte sich um und versuchte zu erkennen, was auf dem Springplatz vor sich ging.

»Schneller als Startnummer drei . . . bis jetzt fehlerfrei . . .«, drang es an Lenas Ohr. Oh nein, das durfte auf keinen Fall sein! Sie wollte schon nach dem Wunschbuch greifen, doch natürlich wäre sie mit ihrem Eintrag niemals schnell genug gewesen. Pferd und Reiterin stürmten bereits auf das vorletzte Hindernis zu. Schon wieder ohne Fehler. Dann der Oxer. Aber kurz bevor das Pony absprang, entstand Unruhe zwischen den Zuschauern. Vielleicht war das Gedränge zu groß, vielleicht war es ein Kinderschrei oder doch das Hippie-Hundemädchen, das seinen geliebten Goethe entdeckt hatte, sich schamlos durch die Menschen- und Pferdebeine drängelte und für einigen Aufruhr sorgte? Keiner konnte es im Nachhinein sagen. Das Pony verweigerte im letzten Augenblick. Zu spät, um noch abzubremsen, rauschte es mit voller Wucht in das Hindernis. Die völlig unvorbereitete Reiterin wurde nach vorn geschleudert, dann zur Seite, als das Pony ausbrach, dann nach hinten und erst, als ihr Pferd zum Sprung über die Umrandung des Platzes ansetzte, brachte sie es wieder in ihre Gewalt und ließ es langsam ausgaloppieren. Puh, in letzter Sekunde. Gerade noch mal gut ausgegangen für Pony und Reiterin, die zwar nicht gewinnen würden, aber immerhin unverletzt waren – und für Lilli, die nun konkurrenzlos die Führung übernommen hatte.

Letztendlich lief es auf einen Doppelsieg für Tobi und Lilli hinaus. Lena hatte schon ganz wunde Hände vom Klatschen und eine raue Stimme vom Jubeln. Und Pinos vormittägliches Surftraining machte sich langsam aber schmerzhaft mit einem kräftigen Ziehen in Lenas Gliedern bemerkbar. Das würde mal wieder einen prächtigen Muskelkater geben. Dabei mussten sie nachher gleich weiter zum DJ-Wettbewerb. Auf Lucas' Auftritt – und seinen Sieg, da war Lena sich sicher –

würde sie nicht verzichten, und wenn sie im Rollstuhl antanzen würde.

Nichts, kein Beat, kein Song, kein Rhythmus der Welt würde sie auf die Tanzfläche bringen, das stand für Lena am Abend fest. Die Lähmung, die ihre Arme befallen hatte, breitete sich langsam auf ihre Beine und ihren restlichen Körper aus. Und auf ihr Gehirn, das für jeden Gedanken so lange brauchte, als würde es ihn einmal um den Globus und zurück schicken. Dieser komplette Urlaub steht unter dem Zeichen von Muskelkater, dachte Lena frustriert und nahm sich vor, ihr Sportprogramm zu Hause massiv zu verstärken. Niemals hätte sie sich für so eine schlappe Nuss gehalten. Komplettlähmung wegen Überforderung, erkannte auch Lilli haarscharf und schonte Lena, wo sie nur konnte. Brachte ihr einen alkoholfreien Cocktail, rückte ihr einen Barhocker zurecht, sodass sie bequem und ohne den Kopf zu drehen auf die Tanzfläche schauen konnte, und bückte sich nach ihrer Tasche, die auf den Boden gefallen war. Eine Liege hätte Lena gebraucht, das wäre besser gewesen als ein wackeliger Barhocker. Immerhin hatten sie überhaupt einen Hocker und das nur, weil Jonas ihnen einen Platz reserviert hatte. Der Poolbereich, die Bar, das gesamte Areal platzte aus allen Nähten, so voll war es.

»Soll ich dir dein Glas reichen?«, hänselte sie Lilli, als sie stöhnend nach ihrem Strohhalm hangelte.

»Nein danke, geht schon, aber mir tut einfach alles weh. Ich dachte immer, ich bin sportlich und trainiert, aber dass ich so viele Muskeln habe, hätte ich nie gedacht.«

»Du bist tapfer«, lobte Pino, der gelassen an ihrem Stehtisch lehnte und das Geschehen beobachtete. Seine Nase war ein bisschen zu rot, stellte Lena gehässig fest. Wenn das nicht ein Sonnenbrand war, dann wusste sie auch nicht. »Und so viel Talent! Schade, dass bei dir nicht Surftraining möglich.«

Also wirklich, Surftraining auf dem Baggersee? Ging ja gar nicht. Nach dem steifen Wind, den sie hier geschnuppert hatte, war sie verwöhnt und würde sich nie mit einem müden Baggerseelüftchen zufrieden geben. Der zweite DJ legte bereits auf und das nicht einmal schlecht.

»Aua! Mein Lieblingslied«, stöhnte Lena. Ihr Fuß wippte automatisch, sie konnte nichts dagegen tun, nur leiden und das Wippen möglichst sparsam gestalten.

»Also, ich tanze jetzt, die Musik ist so pink, ich kann nicht widerstehen«, verkündete Tante Pi.

»Aber wir tanzen doch erst, wenn Lucas auflegt. Das haben wir versprochen.«

Seufzend lenkte Tante Pi ein, doch sobald Lucas das Pult übernahm, schoss sie regelrecht auf die Tanzfläche und zappelte und wackelte, dass Lena vom Zuschauen ganz schummrig wurde. »Oh, kann nicht ertragen anzusehen.« Lässig stieß sich Pino vom Stehtisch ab, steuerte selbstbewusst auf die Tanzfläche und riss Tante Pi in seine Arme. Was auch immer sie tanzten, die Leute machten bald Platz und applaudierten wie wild. Tante Pi wirbelte und flog über die Tanzfläche, von Pino gedreht, gezwirbelt und geworfen. Wenn Lena nicht schon schwindelig gewesen wäre, wäre es jetzt ganz sicher passiert.

»Ich kann da nicht hinschauen«, schrie sie Lilli ins Ohr, die begeistert klatschte und lachte. Was für ein piekfeines Paar!

Auch Lucas erntete frenetischen Applaus. Unter Toben und Trampeln forderten die Zuhörer lautstark die dritte Zugabe, doch der Moderator brach ab und zog Lucas die Stöpsel aus dem Verstärker, der Fiesling. Die letzten zwei Teilnehmer hätten sich ihre Mühe sparen können, sie kämpften auf verlorenem Posten, der Sieger stand bereits fest: Lucas!

»Ist mir richtig unheimlich, dass alles glattlief und Lucas tatsächlich gewonnen hat.« Lena löste sich aus Lillis Umarmung. Eben noch waren sie sich glücklich in die Arme gefallen, hatten getanzt und sich gekreiselt vor Freude über Lucas' reibungslosen Sieg.

»Du Unke, jetzt freu dich doch einfach. Dein Lucas hat gewonnen, da steht er, mit seiner vergoldeten und original signierten David-Guetta-CD.« Ja, Lucas strahlte zwar, wie es sich für einen glücklichen Gewinner gehörte, aber so ganz behaglich schien sich der einsame Pirat in der Rolle des gefeierten DJs noch nicht zu fühlen. Seine Hände kneteten nervös die CD, die noch zerbröseln würde, wenn er so weitermachte.

»Schon, aber irgendwie rechne ich damit, dass noch etwas passiert«, sorgte sich Lena. Jeden Augenblick konnte Lucas' zerbrechliches Glück vom Wunschbuch zerstört werden. Sie rechnete schon fast damit, dass er von der Bühne stürzen und sich ein Bein brechen würde. Oder das Mikro explodieren könnte, in das er jetzt zwei schlaue Danke-Sätze à la Music-Award-Gewinner sagen sollte, der Arme. Bleib cool, wollte ihm Lena zurufen, aber das Raunen der Menge unterbrach ihre Gedanken.

»Da ist er!«, war eine Stimme zu hören. »Er ist es«, hauchte ein bohnenstangenlanges Mädchen neben Lena. »Ich werde ohnmächtig«, kreischte ein anderes und sackte in die Arme ihrer Freundin. Verwünscht noch mal, wäre sie nur ein paar Zentimeter größer. Was sollte die Aufregung? Was ging dort drüben neben der Bar ab? »Jetzt sag doch bitte, was da passiert!«, schrie sie über den Lärm der Menge hinweg ihrer Tante in die Ohren. Kam jetzt die befürchtete Katastrophe? Rückte ein rachsüchtiger Clan an, der einen von Lucas' Wettbewerbern auf den DJ-Thron heben wollte? Gab es einen terroristischen Anschlag und Lucas würde als erstes Opfer traurige Berühmtheit erlangen?

»Schlampiger Typ mit blondes Fussel-Haar, fast so alt wie ich, kämpfen sich durch Leute«, informierte sie Pino, der den Hals reckte.

»Ja, aber wer ist das? Muss ja jemand Tolles sein, wenn . . .«, sie deutete auf das benommene Mädchen, das von seinen Freundinnen umringt auf einen Barhocker gehievt worden war.

»Das ist DJ David«, seufzte Lilli. »Lena, ich glaube, das wird für Lucas der unvergesslichste aller Abende. Was macht der denn hier, das ist ein wirkliches Wunder!«

Meine Güte, da schaffte sich glatt der angesagteste aller DJs auf die armselige Bühne eines popeligen Wettbewerbs auf einer öden Nordseeinsel, nur weil Lena Lucas einen Triumph herbeigeschrieben hatte. Oder konnte das Wunschbuch gar nichts dafür? War der Typ einfach zum Abhängen hier und nutzte die Gelegenheit für einen frischen Mix?

Dem Himmel sei Dank wurde Lucas nicht ohnmächtig. Im Gegenteil. Mit einem breiten Grinsen schlug er in Davids hochgestreckte Hand ein, ließ sich von ihm zum Mischpult führen, nahm ein paar Anweisungen entgegen, nickte und los ging's. Hoffentlich hatten Lucas' Eltern eine gute Kamera dabei. So etwas musste ins Familienalbum. Aber an Fotos würde es nicht mangeln. Von allen Seiten mischte sich endloses Blitzlichtgewitter unter die Disco-Beleutung und keiner der Tanz- und Feierwütigen bemerkte, dass sich weit draußen auf der Nordsee ein echtes, gewaltiges Sommergewitter zusammenbraute und die ausgelassene Party zwei Stunden später abrupt beenden würde.

»Ist Benni nicht ein Wunderpferd?«, rief Tobi ihnen selig entgegen, als sie am nächsten Mittag zum Stall kamen, um Lillis Paule einen extra Sieger-Snack zu bringen. Seine Eltern und Jonas standen stolz bis gelangweilt dabei und beobachteten geduldig, wie er dem dicken Pony immer wieder um den Hals fiel. Sogar einen Kuss bekam Benni. Armer Goethe, total abgeschrieben. Gut, dass Tobis Familie noch heute abreisen wollte, so würde er nie Bennis wirklichen Charakter entdecken: faul und gefräßig.

Lena stöhnte. Welche Gemeinheit, dass die Passauers schon so bald abreisen wollten – so musste sie sich von Lucas verabschieden, ohne sich wirklich verabschieden zu können. Ohne jemals zu erfahren, ob die Verwirrung, das Herzklopfen, die Atembeschwerden und die Denkblockaden vielleicht mehr bedeuteten als eine kurze Schwärmerei. Denn die Passauers würden Lucas direkt am Campingplatz abholen, da er noch beim Abbau der riesigen Stereoanlage half und hoffte, sein DJ-Vorbild David noch einmal zu sehen.

Da nutzte es ihr auch nichts zu wissen, dass Lucas, Tobi und Jonas bald Tante Pis Nachbarn sein würden. Deshalb hatten die beiden Frauen gestern so lange miteinander geplaudert. Nein, welch unglaublicher Zufall, dass die Familie in Tante Pis Nachbardorf ziehen würde! Gerade mal fünf Kilometer Luftlinie! Das war so ungeheuerlich, dass sich Lena gar nicht entscheiden konnte, ob sie ein klitzekleines bisschen eifersüchtig auf die Jungs – ihre Asse – sein sollte, weil die so nah bei Tante Pi wohnen durften, oder ob sie sich freuen sollte. Dass damit die Chancen, Lucas wiederzusehen, deutlich gestiegen waren, daran dachte sie lieber überhaupt nicht, das brachte ihr Herz gleich wieder aus dem Takt. Fakt war, sie konnte Lucas nicht einmal die Hand zum Abschied schütteln. Punkt. Oder ihm ihre E-Mail-Adresse unterjubeln – aber das hätte sie sich sowieso nicht getraut. Kein richtiger Abschied also. Nicht so wie Tobi von Goethe und Benni, der zwischen den beiden Tieren hin und her flitzte, weil er sich von keinem trennen konnte, und unbedingt noch auf ungefähr fünfhundert Fotos bestand, die er von seinen Lieblingsmotiven machen wollte.

Nicht so, wie sich Tante Pi und Frau Passauer verabschiedeten, mit Küsschen links und rechts auf die Wange und tausend »aber sie kommen mich sicher nächste Woche besuchen, ja?« und »Pino hilft Ihnen bestimmt beim Möbelrücken« und »kommen Sie jederzeit auf eine Gratis-Pizza, wenn die Küche noch nicht steht«. Oder Herr Passauer und Pino, die sich so kräftig die Hände schüttelten und auf die Schulter klopften, dass sich Lena sorgte, ob Pino morgen überhaupt würde Pizza backen können.

Sogar Jonas und Lilli schafften es, sich die Hände zu schütteln – so wie auch die Zwillinge, die eben neugierig am Reitstall eintrudelten und sofort eifrig herbeigewunken wurden. Sie würden mit ihrem Bruder Ruben noch eine Woche länger bleiben, das hatten sie gestern erzählt.

»Mann, ist doch total öde ohne uns. Gebt's zu!«, rief Jonas. Es folgte ein lachendes Gemisch aus Niederländisch und Englisch, in das sich Lilli mit einem unverständlichen Kauderwelsch mischte.

Lena würde mit Lilli, Tante Pi und Goethe noch ein paar ruhige Tage hier verbringen, während Pino nach seiner Pizzeria sehen musste. Mit Tränen in den Augen winkten sie dem Wagen der Passauers nach, der vom Parkplatz des Reiterhofes rumpelte. Alle Fenster waren heruntergelassen, aus allen Fenstern hingen Köpfe und winkende Arme.

»Wisst ihr was, Mädels? Bei dem ganzen Abschiednehmen brauche ich einen Lichtblick und ich weiß auch schon, was. Ich begleite euch nach Hause und überfalle deine Mutter, Lena. Sie hat mich schon lange eingeladen und so ein paar piekfeine Großstadttage fände ich jetzt *picobello.*« Tante Pi schnäuzte sich vernehmlich die Nase und trocknete ihre Augen. Zum Trost ließ sie sich von Pino in die Arme nehmen.

»Komisch«, meinte Lilli mit belegter Stimme. »Erst wollten wir sie nicht hier haben und jetzt bin ich richtig traurig, weil sie wieder wegfahren.«

»Ja, wird ganz schön langweilig werden ohne sie.« Lena konnte ja nicht zugeben, dass sie sich am liebsten in ihren Schlafsack verkrochen hätte, so enttäuscht war sie, Lucas nicht mehr gesehen zu haben. Zum Heulen trostlos waren Lagerfeuer und Abenddisco, ohne zu wissen, dass Lucas irgendwo in der Nähe war. Allein die Hoffnung, ihn zu sehen, hatte sie aufgeputscht, als hätte sie drei Colas getrunken und sich an Tante Pis Kaffee vergriffen. Die restlichen Tage an der Nordsee lagen grau und endlos vor ihr.

Kapitel 16

Aber hallo, hatte da nicht gerade Thijs Lilli ein Zettelchen zugesteckt? Und war Lilli nicht plötzlich rot wie ein Valentinstagsherz? Lena kniff die Augen zusammen. Da, jetzt schob sie unauffällig etwas in ihre Hosentasche. Na warte, dachte Lena, ich werde schon erfahren, was darauf steht.

Sie hatten den ganzen Morgen gepackt. Das Zelt war ein unordentlicher Haufen geworden, ihre hilfreichen Nachbarn waren leider schon gestern abgefahren. Aber Abbauen ging ja immer einfacher als Aufbauen. Haken raus, Knoten lösen, Stoff zusammenknüllen und fertig. Weniger schnell waren sie mit ihrem Gepäck gewesen. Lena war sich sicher, dass sie den halben Strand mit eingepackt hatte, so schwer war ihr Koffer geworden. Und natürlich die Souvenirs. Sie hatte für Hannah und ihre Mutter wunderschöne Halsketten aus original Nordsee-Strandkieseln und bunten Glassteinen gekauft. Weil die vor ihren Augen aufgefädelt und zusammengeknotet worden waren, konnte sie sicher sein, absolute Unikate erhalten zu haben. Für vier Stück hatte sie einen satten Rabatt erhalten. Vier? Na, für sie und Lilli auch noch eine!

Aber irgendwann war alles geschafft und sie konnten losfahren. Die Abschiedsrunde war wesentlich kleiner als noch vor ein paar Tagen, nur die Zwillinge und einige Kids vom Campingplatz standen zum Winken bereit, als ihr Pick-up samt pinkfarbenem Wohnwagen vom Campingplatz rollte.

Kaum waren sie bei der nächsten Hauptstraße angelangt, begann Lilli, in ihrer Hosentasche zu wühlen. »Ist was, Lilli?«, fragte Lena vom Rücksitz aus, den sie sich wieder mit Goethe teilte. Dessen Halsband schmückte ein hellblaues Schleifchen, das der Besitzer der Strandbar Goethe als Abschiedsgeschenk gemacht hatte. Original von seinem Hippie-Mädchen getragen, mit bestem wohlriechendem Hundedamenduft ausgestattet. Goethe hatte die Augen geschlossen und sich seinen Hundeträumen überlassen. Ja, sie wusste, dass ihre Frage ganz schön scheinheilig war. Ja, sie brachte Lilli ziemlich in Verlegenheit. Sollte sie ihr doch einfach schnell sagen, was auf dem geheimnisvollen Papierchen stand, dann wäre sie erlöst.

Eifrig beugte sich Lena über die Lehne und versuchte, einen Blick auf Lillis Zettel zu erhaschen. Die war schon wieder valentinstagsrot im Gesicht. »Nee, also, ist nur eine Telefonnummer und eine Mailadresse. Hab sie von Thijs bekommen.« Röter konnte man nicht werden, dachte Lena – ein wenig traurig, ein wenig neidisch und ziemlich froh, denn dieser Thijs war wirklich sensationell nett gewesen in den letzten Tagen. Und für seinen durchgefallenen, oberfiesen Bruder konnte er ja nichts.

In diesem Augenblick ertönte ein sanfter Dreiklang, der ankündigte, dass sie eine SMS erhalten hatte. Bestimmt wieder Hannah live von irgendeinem Berggipfel. Ständig erhielt Lena Foto-Botschaften von den höchsten Wipfeln der Alpen. Na bitte, hatte sie es doch gewusst.

Hannah: Schöne Aussicht und blauer Himmel am Piz Buin – na? Neidisch? Gute Heimfahrt und Drück-Dich-Grüße, Hannah.

Lena: Fahren gerade erst los. Kein Neid. Spanien wartet – neidisch?

Hannah: Nö, war hundertmal in Spanien – als Baby! Hast du überhaupt Lust auf Lerncamp, nach der Tobi-Sache?

Lena: Lust? Aufs Lernen nicht, aber aufs Camp schon. War bisher immer o. k.

Hannah: Juhuu, die Gondel ist gleich da. Bis später!

Lena: Gondel? Ich denke du gehst zu Fuß, faule Socke!

Unbekannt: Sorry für kein Goodbye und spätes Melden. Gute Fahrt. Haben uns einigermaßen eingelebt. Guten Gitarrenlehrer gefunden. Cooles Zimmer und Musikkeller zum Üben. Pino war schon hier. Grüße, Lucas.

Wie bitte??? Lena glitt fast das Telefon aus der Hand. Die war plötzlich ganz feucht und heiß geworden. Genauso wie ihr Kopf. Fieber! Ihr ging es gar nicht gut. Schnell das Fenster aufmachen, durchatmen. Ganz tief. SMS-Schreiben im Auto war ihr noch nie bekommen.

Genau wie Lesen im Auto, da wurde ihr auch immer gleich übel. Ja, schon besser. Was war das denn! Sie wagte einen erneuten Blick auf ihr Display. Die Nummer war unbekannt. Tatsächlich, nicht Hannah, die ein niedliches kleines Herzchen-Smiley als Symbol hatte und auch nicht Lilli, der sie einen Smiley mit Kussmund verpasst hatte. Wollte sich hier jemand einen Scherz erlauben oder war es wirklich eine SMS von Lucas? Woher zum Teufel hatte er ihre Nummer? Von einem guten Geist? Ihr fiel die nächtliche Suche nach Tobi ein. Ja, es könnte sein, dass er damals ihre Nummer eingespeichert hatte. Oder doch ein wahnsinnig schlechter Joke von Jonas? Hatte der bemerkt, dass sie ...? Nicht auszudenken, wie peinlich wäre das denn! Nervös knetete sie ihr Handy in den feuchten Händen. Jetzt fing sie auch noch an zu zittern. Sollte sie antworten?

»Huhuuu, Lena. Jemand da?«, Lilli hatte sich von ihrem Röteanfall erholt und Lena irgendetwas zugerufen. Nur was? Was hatte Lilli gesagt und was könnte sie Lucas antworten?

»Entschuldige«, stotterte sie verwirrt, »ich hab nicht zugehört.«

»Wir sind gleich bei Tante Pis Haus und müssen das Ei, ähm, den Anhänger abstellen. Sie fragt, ob wir schon einen Imbiss brauchen.« Imbiss? Bloß nicht, Lena war immer noch unwohl.

»Nein, danke. Aber ich möchte dir gerne den Garten zeigen. Und das Gästezimmer.«

»Will ich auch sehen. Ich bin schon total neugierig. Ich meine, normalerweise wären wir ja hiergeblieben, wenn Tante Pi und Pino nicht . . .« Sie ließ den Satz offen und warf Tante Pi einen verlegenen Blick zu. Doch die lachte nur. »Schon klar. Wenn wir uns nicht so albern gezankt hätten. Hatte aber doch sein Gutes, nicht wahr? Was haben wir nicht alles erlebt, was hatten wir für piekfeine Tage.« Sie fing an, zu trällern und zu pfeifen. Gut, das lenkte von Lenas Problem ab. Noch immer leuchtete ihr die Nachricht auf dem Display entgegen. ». . . Grüße, Lucas.« Nun mach schon, rief ihre innere Stimme. Mach jetzt oder du traust dich nie wieder. Antworte! Alles in ihr drängte danach, Lilli um ihre Meinung zu fragen. Fast alles. Sie würde schreiben, beschloss sie. Aber nicht jetzt, später vielleicht. Sie musste noch ein wenig Mut anhäufen – und überlegen, was sie ihm Witziges oder Cooles antworten könnte.

Mam: Freu mich auf euch! Macht schnell, kann es kaum erwarten. Grüß Pi von mir, hdl, Mam

Ach, die gab es ja auch noch. Schnell eine Nachricht zwischen zwei Besprechungsterminen getippt und weiter im Tagesgeschäft. Das kannte Lena zur Genüge. Aber sie freute sich auch auf zu Hause und ihre Mutter. So anstrengend das Zusammenleben mit ihr, der erfolgreichen Werbeagenturchefin, auch war, so viele Freiheiten und Verwöhnattacken wie sie bekamen andere Teenies kaum.

Lena: Hi, sind schon unterwegs, müssen noch den Campingwagen loswerden. Bringen Überraschung mit und sehen uns in ca. 5 Stunden, hdal, Lena

»Pingpingping«, machte ihr Handy. Was denn jetzt schon wieder! Noch einmal diese angebliche Lucas-Telefonnummer. Mit angehaltenem Atem öffnete Lena die SMS.

Unbekannt: Hallo, Lena, habe Lucas' Handy ausgeliehen: Stein geht ans Museum. Einschluss ist superselten, Sensation. Komme in Zeitung und erhalte Finderlohn. Darf ihn aber nicht ausgeben, Mama zahlt es auf mein Konto ein. Mist. Grüß Goethe von mir, vermisse ihn schrecklich, dein Tobi.

Verblüfft betrachtete Lena die Nachricht. Also doch Lucas' Nummer? Keine Scherzfalle?

»Tobi hat gesimst. Er bekommt Finderlohn, der Stein ist extrem selten und kommt ins Museum«, berichtete sie Lilli und Tante Pi.

»Ach, der gute Junge. Wir werden den Stein bestaunen, Pino und ich. Und ihr, wenn ihr das nächste Mal hier seid, ja?«, unterbrach Tante Pi ihren Gesang. Es wäre Lena sowieso lieber gewesen, sie hätte das Radio eingeschaltet und nicht immer gesungen und gepfiffen. Immerhin mussten sie noch ein paar Stunden Auto fahren.

Lena: Glückwunsch, Tobi. Schick uns bitte den Zeitungsartikel. Goethe vermisst dich auch – hat er mir erzählt. Liebe Grüße, Lena.

Pause, Luft holen, neue SMS.

> **Lena:** Hallo Lucas, kein Sorry nötig. Lass uns mailen oder chatten, ja? Hier meine E-Mail: goetheundlena@gmx.de. Ich würde mich freuen, Lena.

So. Ermattet ließ sie sich in dem Sitz zurücksinken. Ihr Mutpegel war wieder bei null. Alles verballert. Das Handy schob sie in ihre Tasche, Pause. Erleichtert die Augen schließen. Ein Grinsen stahl sich auf ihr Gesicht. Ein ganz breites Glückseligkeitsgrinsen. Eines, das Lilli nicht verborgen blieb, die sie über den Rückspiegel beobachtet hatte und die ebenfalls anfing zu grinsen. Was waren das für geniale Tage gewesen, da oben, an der Nordsee.

Stefanie Dörr

Lenas geheimes Wunschbuch

Lena mag es kaum glauben - ihr glitzerndes Notizbuch kann Wünsche erfüllen! Begeistert beginnt sie, alles geradezubiegen, was in ihrem Leben momentan schiefläuft: Stress in der Schule, zickige Freundinnen, aufdringliche Halbstarke und Eltern auf Trennungskurs. Doch irgendwie ist danach alles nur noch verzwickter als vorher. Wo ist bloß die Bedienungsanleitung für dieses verflixte Wunschbuch?!

Arena

248 Seiten. Gebunden.
ISBN 978-3-401-06508-3
www.arena-verlag.de

Stefanie Dörr

Ich sehe was, was du nicht siehst

Nichts wünscht Maja sich sehnlicher, als endlich ihr durchschnittliches Teenager-Leben wiederzubekommen. Ein Leben ohne Mitu, die sich in alles einmischt und Majas Alltag völlig auf den Kopf stellt. Mitu, die einfach nie das macht, was Maja will, die eines Tages einfach aufgetaucht ist und nicht mehr verschwinden will. Mitu, Majas zum Leben erwachtes Spiegelbild.

Arena

248 Seiten. Gebunden.
ISBN 978-3-401-06507-6
www.arena-verlag.de